LA TRAGÉDIE

ET

LE DRAME.

ESSAI DE CRITIQUE LITTÉRAIRE

SUR LES CLASSIQUES

DE LA TRAGÉDIE GRECQUE ET DE LA TRAGÉDIE FRANÇAISE

PAR

JULES WILMART,

DOCTEUR EN PHILOSOPHIE ET LETTRES,

AVOCAT.

THÈSE

PRÉSENTÉE A LA FACULTÉ DE PHILOSOPHIE ET LETTRES
DE L'UNIVERSITÉ DE BRUXELLES.

BRUXELLES,

IMPRIMERIE BRUYLANT-CHRISTOPHE & COMPAGNIE,

33, RUE BLAES.

1873

LA TRAGÉDIE ET LE DRAME.

UNIVERSITE DE BRUXELLES.

MM. N.-C. SCHMIT, recteur.
EUG. VAN BEMMEL, pro-recteur.
J. VAN SCHOOR, administrateur-inspecteur.
F. DE CONTRERAS, secrétaire-trésorier.

FACULTÉ DE PHILOSOPHIE ET LETTRES.

MM. J.-J. ALTMEYER, professeur ordinaire, président.
E. JAMES, professeur extraordinaire, secrétaire.
J.-J.-J. L'HOIR, G. TIBERGHIEN, EUG. VAN BEMMEL, professeurs ordinaires.
L. VANDER KINDERE, professeur extraordinaire.
S. VAN DE WEYER, professeur honoraire.

Vu l'art. 18 du règlement du 26 janvier 1842, ainsi conçu :

« Toute thèse qui serait imprimée sans l'approbation du Président de la Faculté sera considérée comme non avenue et étrangère à l'Université ; du reste, les opinions étant libres, les récipiendaires peuvent présenter au public les résultats, quels qu'ils soient, de leur conviction personnelle ; l'Université n'entend, à cet égard, rien approuver ni improuver. »

Le Président de la Faculté de philosophie et lettres de l'Université de Bruxelles, autorise l'impression de la thèse présentée par M. Jules Wilmart, docteur en philosophie et lettres, sans entendre approuver ni improuver les opinions de l'auteur.

Bruxelles, le 20 mars 1873.

J.-J. ALTMEYER.

Bruxelles. — Typ. BRUYLANT-CHRISTOPHE & Cie.

LA TRAGÉDIE

ET

LE DRAME.

ESSAI DE CRITIQUE LITTÉRAIRE

SUR LES CLASSIQUES

DE LA TRAGÉDIE GRECQUE ET DE LA TRAGÉDIE FRANÇAISE

PAR

JULES WILMART,

DOCTEUR EN PHILOSOPHIE ET LETTRES,
AVOCAT.

THÈSE

PRÉSENTÉE A LA FACULTÉ DE PHILOSOPHIE ET LETTRES
DE L'UNIVERSITÉ DE BRUXELLES.

BRUXELLES,
IMPRIMERIE BRUYLANT-CHRISTOPHE & COMPAGNIE,
33, RUE BLAES.

1873

CHAPITRE PREMIER.

L'ART ET LE THÉATRE.

La poésie est autre chose qu'un simple jeu de l'esprit, et, de même que l'on a dit : « Le style, c'est l'homme, » de même aussi l'on pourrait dire, avec plus de raison encore, de la poésie, qu'elle est la voix des nations et de l'humanité. Si l'individu ne réussit pas toujours à formuler sa pensée dans un langage qui lui appartienne, il en est autrement des nations qui ne reconnaissent pour l'expression fidèle de leur génie que les écrits des grands hommes dans lesquels elles se sont pour ainsi dire personnifiées. Être poëte, c'est représenter un peuple et une époque. En vain voudrait-il s'isoler et ne devoir qu'à lui-même ses inspirations, le poëte n'existe que par ses attaches à son pays, à l'humanité ; s'il les brise, il n'est plus rien.

Et comment n'en serait-il pas ainsi? Quels droits, quels privilèges pourrait revendiquer le poëte pour rentrer dans la grande famille dont il s'est volontairement exilé? Qu'importe à ceux qu'il a reniés, abandonnés, oubliés? Dans son orgueil et son égoïsme, il a mis son cœur à la place du cœur de l'homme. Ses forces, ses faiblesses, ses joies, ses douleurs ne sont rien pour nous. Il nous était étranger pendant sa vie : il le sera toujours après sa mort. Une fois sortis de l'Attique, les mauvais citoyens n'y rentraient plus, même pour y trouver une sépulture.

Combien de poëtes dont les noms se sont perdus, dont la postérité s'est vengée par l'indifférence! Les malheureux croyaient que l'homme était en dehors de l'art, et s'efforçaient de tracer je ne sais quelle ébauche idéale dont les initiés seuls comprenaient les magies! Tirés à la source profonde de leur génie, habillés de beautés toutes métaphysiques, apparurent alors dans les limbes d'un style de convention des êtres suprasensibles dont ceux d'ici-bas ne montrent que la contrefaçon. La nature, l'homme, le réel ne furent plus assez parfaitement vrais et beaux pour ces poëtes difficiles, et, voulant se dédommager eux-mêmes des imperfections de ce monde, ils se créèrent pour eux tout seuls un monde perfectionné, si bien réussi qu'arrivés au terme de leurs travaux, ils s'arrêtèrent en contemplation devant leur œuvre.

Mais les peuples étaient là qui ne comprenaient pas et passaient sans se retourner. Qu'importait au poëte? Il n'écrivait pas pour les peuples : il n'écrivait que pour l'art... et un peu aussi pour Mécène.

Il ne suffit pas d'être avec les hommes, il faut encore être l'un d'eux.

« With them and one of them (1), »

c'est-à-dire sentir la nature avec un cœur humain. Telle est la condition première, essentielle de la poésie et de tous les arts. Le cœur humain est la source de toute poésie, et tout ce qui touche à l'homme est du domaine de la poésie. « Je suis poëte, a dit le parasite prétentieux de Mécène, et la terre, fangeuse demeure des hommes, souillerait la blancheur de mon aile. » « *Homo sum,* dit le poëte, *et nihil humani a me alienum esse puto.* » Ainsi pensaient Homère, Cervantes et Shakespeare, devant lesquels tous s'inclinent; ainsi parlaient Ménandre, Molière et tant d'autres encore dont la postérité conserve pieusement les écrits comme un riche héritage des siècles passés légué aux siècles à venir. Poëtes immortels dont le cœur a fait le génie, les peuples se disputent l'honneur de les avoir vus naître. Sept villes grecques prétendaient avoir été le berceau d'Homère; l'Italie est orgueilleuse de son Dante, l'Espagne de son Cervantes, l'Allemagne de ses Gœthe, de ses Schiller; la France revendique pour sa pléiade poétique le sceptre de la littérature moderne, et l'on dirait qu'en exaltant leurs poëtes, c'est elles-mêmes que les nations glorifient.

Quelles que soient cependant les splendeurs des différents genres de poésie, il n'en est aucun qui ait, autant que le théâtre, attiré l'attention universelle.

(1) Byron disait : « But not one of them. » Mais en réalité et quelle que soit l'originalité de cet homme extraordinaire, elle ne consiste que dans l'excès même de certains sentiments humains qui fit de Byron l'homme du *Childe Harold's Pelgrimage* et du *Don Juan*.

C'est dans la tragédie que renaissent les héros de l'histoire, sortis de leurs tombeaux pour penser, agir selon la légende et l'imagination populaire; c'est dans le drame que se reflètent, comme dans un miroir fidèle, la violence des passions et la force des caractères. La comédie à son tour fut comme un monde nouveau créé à l'image de la vie ordinaire, mieux éclairé seulement par l'heureux effet des rapprochements et des contrastes.

Encouragés par les suffrages des peuples qui voyaient dans la littérature dramatique l'expression la plus haute, la plus vivace de leur génie, les poëtes s'appliquèrent à reproduire sur la scène tantôt le combat des passions humaines, tantôt les temps passés tels que les avait conçus l'imagination populaire. Le théâtre fut tout d'abord le sommet de la poésie et l'objet du plus vif enthousiasme. Eschyle, Sophocle, Euripide, Lope de Véga, Shakespeare, Gœthe, Schiller furent des divinités pour les peuples, les créateurs d'une humanité nouvelle. Qu'on lise Dante et Virgile! qu'on les admire! Le peuple demande à voir de ses propres yeux et presque à jouer son rôle. Ses sentiments, son héroïsme, ses chants, ses larmes, les voilà. Il sent, il s'exalte, il chante, il pleure lui aussi; il oublie qu'il n'est que spectateur. Les passions humaines s'élancent comme la flamme, saisissent le public et le jettent malgré lui dans la lutte à laquelle il est venu assister sans penser qu'il y prendrait part.

Mais si cette passion, si cette vérité, et, pour le dire aussi, cette grandeur de la vérité nous étonnent dans les œuvres de la Grèce, si nous y voyons cette vénération profonde et touchante de l'homme pour les générations qui l'ont précédé, vers lesquelles il se retourne encore avec respect comme le voyageur qui s'éloigne pour toujours de la maison paternelle, est-il vrai de dire que la France en les imitant les ait arrachées à la barbarie antique? est-il vrai, comme le prétendent toutes les critiques faites par des Français, que la tragédie du dix-septième siècle ait été le perfectionnement des ébauches de la Grèce?

Le théâtre dont Corneille, Racine et Voltaire sont les dieux, n'est-il pas ce monde imaginaire dont nous parlions plus haut? Est-ce bien là l'expression d'une nation et de l'humanité? Sont-ce les héros de la légende nationale, sont-ce des hommes réels et des passions vivantes? Corneille, Racine et Voltaire sont-ils bien des poëtes humains? et, s'ils ne le sont pas, ne serons-nous pas entraînés à condamner aussi ces beaux modèles qu'ils croyaient avoir surpassés?

D'autre part, le théâtre moderne doit-il être répudié tout entier, ou dirons-nous qu'au défaut de la France il s'est trouvé d'autres peuples plus heureux, dotés d'un véritable théâtre? Le problème vaut la peine qu'on s'y arrête, et, quelques difficultés qu'il présente, nous tenterons de le résoudre.

On conçoit qu'un genre si important, le théâtre n'ait pu manquer d'attirer l'attention de la critique moderne. C'est ce qui arriva. Mais au lieu de pénétrer l'art lui-même, les législateurs du Parnasse ne s'attachèrent souvent qu'aux formes extérieures et matérielles Considérer les grands poëtes comme des modèles qu'il faut suivre sans jamais s'en écarter, comme les personnifications parfaites d'un art parfait, sans tenir compte ni des temps ni des lieux; faire des généralités de ce qui n'est que particulier, des nécessités de ce qui n'est qu'accidentel, remplacer le sentiment par la réflexion : telle a été leur continuelle erreur. Ils ont voulu nous donner des recettes pour devenir à notre choix des Sophocles ou des Homères. On disséqua, on analysa l'Iliade pour fournir les règles de l'épopée guerrière de tous les temps. Les conseils de dieux, les songes fatidiques, les armes invincibles furent de rigueur, et l'on ne put dorénavant commencer son récit qu'à la manière homérique.

A côté de l'Iliade, l'Odyssée fournit le second type de l'épopée, l'épopée de voyages. Le héros, ballotté par les flots, abordera dans une île enchantée et racontera lui-même la moitié de son histoire à la maîtresse du lieu. Le poëte dira le reste au lecteur.

Dans la tragédie, l'Œdipe-Roi fut le type étalon de toute œuvre digne de figurer aux livres de Mémoire. On ne put désormais être tragique qu'en s'astreignant à ce divin modèle.

On discuta, on distingua, on subtilisa sur toutes choses. On fit livres sur livres. On établit la règle des trois unités. On divisa les tragédies en simples, implexes, pathétiques et morales. On découvrit six espèces de sublime : « 1° Celui de la grandeur d'esprit ; 2° celui de l'élévation d'âme ; 3° celui de sentiment ; 4° celui d'images ; 5° celui des figures soutenues dans la poésie et dans l'éloquence, et qui se prend ici dans le sens de la rhétorique, enfin 6° le sublime d'action qui tient de la hauteur de l'âme ou de l'étendue de l'esprit (1), » et l'on en vint, comme N. Lemercier, à établir les conditions de la tragédie au nombre de vingt-six, dont quelques-unes se subdivisent en plusieurs branches, ni plus ni moins.

Quelle fut l'origine de tous ces mécomptes ? Aristote,

(1) N. Lemercier, *Cours analyt. de littér. générale.*

qui n'occasionna pas moins d'erreurs en littérature que de subtilités en philosophie, et qui, après avoir donné naissance aux imbroglios de la scolastique, devint le tyran des poëtes.

Comment ces destinées échurent-elles à Aristote? Homme d'un immense savoir, après avoir écrit sur la physique, la métaphysique, l'histoire naturelle, il avait voulu achever de légiférer le cycle des connaissances humaines, et il mit en préceptes l'art de la poésie. Mais en travaillant sur ce thème périlleux, il ne tint pas assez compte de la différence qui sépare les œuvres libres de l'homme d'avec les œuvres nécessaires de la nature, et il dressa l'ensemble des règles de la tragédie d'après les œuvres tragiques existant à son époque, comme s'il eût parlé de la tragédie de tous les temps et de tous les lieux.

C'était aller trop loin. Mais s'il concluait du particulier au général, ses préceptes n'avaient pas à ses yeux la valeur que leur donna la postérité. S'il était subtil, et plus qu'il ne convient, la pédanterie ne lui vint que de ses interprètes, qui le gâtèrent en le développant.

Quoi qu'il en fût, Aristote était infaillible. Son ancienneté, son grand nom, et jusqu'à l'apparence technique de son langage, tout contribuait à tromper les critiques.

Pour comble de maux, on se souvint qu'Horace avait formulé des préceptes sur la poésie et le théâtre. L'épître aux Pisons érigée en oracle s'appela l'Art poétique. On compléta les lacunes d'Aristote par Horace, et, des deux combinés, on fit une sorte de loi des XII Tables que les théoriciens modernes, comme autant de préteurs, interprétaient, complétaient, sans jamais en tempérer la sévérité surannée. « *Adjuvabant, supplebant, non corrigebant.* »

Tempérer la sévérité d'Aristote! Qui l'eût voulu, qui l'eût osé sans déshonneur? Le maître dit un jour que « la tragédie doit s'efforcer, *autant que possible*, de se renfermer dans une seule révolution de soleil, ou du moins de très-peu sortir de ces limites. » Il n'y avait évidemment là qu'un conseil. Mais ce n'était pas assez de la sévérité de Dracon pour ces amants passionnés de tragédie géométrique. Toute tragédie dont l'action durera plus de vingt-quatre heures sera frappée d'anathème. Le maître n'avait pas dit un mot dont on pût inférer la règle de l'unité de lieu.

> « Qu'en un lieu, qu'en un jour un seul fait accompli
> Tienne jusqu'à la fin le théâtre rempli, »

s'écrie Boileau, plus aristotélique qu'Aristote.

Pauvres savants! Ils ne virent pas qu'Aristote n'avait fait qu'une sorte de compte rendu de la poésie de son temps et qu'il ne pouvait avoir fait que cela. On ne crut plus pouvoir être poëte que du consentement d'Aristote. On ne remarqua pas qu'avant lui Eschyle, Sophocle, Euripide avaient déjà donné leurs chefs-d'œuvre; que la Poétique n'était qu'un essai, un chapitre de l'histoire littéraire à une époque déterminée. Tout le monde fut dupe, et les règles d'Aristote, revues, augmentées, considérées comme l'alpha et l'oméga de toute science littéraire, exercèrent sans conteste la plus intolérable tyrannie.

Puis vinrent les romantiques, qui combattirent les classiques et regardèrent tous les poëtes anciens comme n'ayant jamais eu vie. Ils adorèrent ce qu'on avait brûlé, brûlèrent ce qu'on avait adoré, et remplacèrent Sophocle par M. V. Hugo. C'était tomber de Charybde en Scylla, d'une servitude dans une autre servitude; mais le coup était hardi, et l'on triompha comme au temps de Jodelle et de Ronsard.

Sans nous occuper ici des manières différentes dont classiques et romantiques ont prétendu réaliser l'art, matière qu'il est pourtant utile de connaître et sur laquelle nous aurons à revenir, nous pouvons dire que les uns et les autres formant école, c'est-à-dire admettant certains dogmes et certaines croyances, ont par là même immobilisé l'art. Quelles limites pouvaient-ils raisonnablement assigner à l'imagination? De quel droit pouvaient-ils nous dire : « Vous suivrez tel chemin : celui-là seul est le bon, et quiconque l'aura déserté sera condamné comme hétérodoxe? » C'est là cependant ce qu'ont fait toutes les écoles. Aussi voyons-nous qu'au lieu de faire progresser l'art, elles n'ont toutes servi qu'à hâter sa décadence en le dépouillant de l'originalité sans laquelle il ne peut vivre.

Toutes les fois qu'un homme de génie s'est élevé, tous se sont lancés sur sa trace, et, dans une admiration maladroite, ont copié de lui non-seulement les qualités, mais encore jusqu'aux moins pardonnables défauts. Critiques et poëtes, non contents de contempler les beautés du monument, ont voulu scruter les plus minces détails de sa construction, et ils ont cru que l'art pouvant se traduire en formule, il ne s'agissait que de connaître cette formule pour avoir du génie. Mais ce qui faisait la richesse du génie est devenu notre misère, et la loi découverte a cessé d'être féconde entre nos mains, parce que cette loi, n'étant que l'allure du génie, ne pouvait être réduite en abstractions.

On pourrait objecter que l'art doit avoir des règles, et que ces règles ne naissent que de l'examen des chefs-d'œuvre. A quoi servirait la critique littéraire, sinon à nous montrer comment nous devons envisager l'art pour produire des compositions dignes de lui?

Nous répondrons, sans contester toutefois l'utilité de la critique à bien d'autres égards, que les œuvres du génie ne doivent pas servir, à proprement parler, de modèles. Indépendamment de la condition de convenance qui nous défend de faire marcher tout le monde du même pas, l'art, expression de l'humanité mobile, est mobile aussi et ne peut être fixé. Ne reprochez pas à Dante de n'avoir pas suivi la trace de Virgile; entre Virgile et Dante les temps ont marché, l'art a marché aussi. Ne louez pas, ne blâmez pas ce que vous appelez, vous les beautés, vous les bizarreries de la *Divina Commedia* : c'est l'allure du génie de Dante. Dante seul peut conduire le char du soleil; nous ne saurions tenir ses coursiers en bride, et le sort de Phaéton nous attendrait fatalement.

« Mais, a dit un critique de notre siècle (1), ces chefs-d'œuvre de la Grèce en éloquence et en poésie ne sont-ils pas reconnus de toutes les nations comme les types invariables de la perfection de l'art? »

Non. L'art change, comme tout change ici-bas, et la perfection n'existe pas plus dans l'*Œdipe-Roi* que dans la métaphysique d'Aristote. L'αὐτὸς ἔφα philosophique produisit la scolastique; c'est l'αὐτὸς ἔφα littéraire qui produisit la poésie alexandrine.

L'art de la poésie n'aura-t-il donc pas de règle? Si; mais ces règles, ce ne seront ni celles d'Aristote, ni celles d'Horace, ni celles de Boileau. Ce n'est pas là que Sophocle et Dante ont puisé, mais dans la nature. Voilà la source où nous devons puiser et nous rafraî-

(1) N. Lemercier, *Cours analyt. de littér. générale.*

chir sans cesse, la vraie source d'Hippocrène qui fait les poëtes, qui a fait Shakespeare comme Homère, Molière comme Aristophane et Caldéron.

Est-ce à dire que l'art soit la copie de la nature? Nullement. C'est le cœur humain qui interprète la nature telle qu'il l'a sentie ; copier la nature, c'est faire une photographie ; copier l'art, c'est faire la photographie d'un tableau. L'art n'est pas plus ici qu'il n'est là.

L'étude de l'art n'en est pas moins un moyen puissant pour arriver à l'art même. Elle éveille la sensibilité de l'âme et la rend ainsi plus tendre aux émotions de la nature. Ainsi considérée elle n'est plus un but, mais un moyen, et loin de nous faire perdre notre originalité propre, elle l'assure, au contraire, en nous remettant plus directement sous l'empire de la nature.

En un mot, la critique littéraire n'est pas l'éducation des poëtes, mais plutôt l'histoire de la poésie, et elle ne peut jamais servir de base à aucun système. La variété infinie de la nature, diversement interprétée suivant la diversité des hommes, échappe aux classifications des écoles.

Tous les arts, dit-on, ont leurs lois particulières ; la poésie, pas plus que la peinture ou la sculpture, ne peut s'en passer. Il est vrai ; mais faisons tout d'abord cette remarque nécessaire, que s'il y a réglementation, c'est pour les manifestations matérielles, pour les moyens mis en œuvre, pour les procédés, nullement pour l'essence de l'art qui ne pourrait jamais faire l'objet d'un code.

Or, si nous envisageons la question de ce point de vue, nous observons tout d'abord que la poésie n'emploie qu'un procédé, la parole, tandis que les moyens dont dispose le statuaire ou le peintre sont d'un emploi tout différent. Les couleurs aussi bien que le marbre résistent à la volonté. Ils ne nous appartiennent pas, ils ne sont pas nous, et ce n'est qu'après les avoir domptés que nous pouvons les avoir sous notre dépendance. La parole, au contraire, est pour ainsi dire née avec nous; elle s'est développée avec nous. Une habitude journalière de traduire ainsi notre pensée l'a rendue docile et merveilleusement propre à cet usage. Simple, variée, offrant mille combinaisons harmonieuses, elle est un instrument à la fois puissant et facile, d'une délicatesse extrême, rendant toutes les nuances de la pensée et leur donnant corps sitôt qu'elles naissent, en sorte que la pensée et le langage nous apparaissent comme un ensemble, de même que le mouvement de nos membres se confond avec notre volonté.

L'expression suivant ainsi naturellement l'idée, il suffira d'avoir l'idée pour avoir aussi l'expression, tandis que dans la peinture et la statuaire, par exemple, il faudra en outre une longue éducation pour arriver à traduire sa pensée sous une forme sensible?

Observons aussi que le langage est commun au poëte et à la nation. Toutes les fois qu'au lieu d'être ainsi l'expression de la nation entière, il n'a été que le fruit d'une étude laborieuse et individuelle, il est arrivé que la poésie n'était plus que le délassement plus ou moins savant d'un nombre restreint de personnes.

Ce que nous venons de dire de la spontanéité de la poésie acquiert une autorité incontestable de ce fait que la poésie, la grande poésie d'Homère brillait depuis longtemps, que Phidias et Polygnote étaient encore à venir. La statuaire, informe dans le bois de Dédale (ξόανα), passe aux bronzes soudés (σίδηρου κόλλησις) de

Téléclès et de Théodore pour aboutir à Phidias et se perfectionner encore aux mains de Praxitèle, de Scopas et de Lysippe. On pourrait en dire autant de la peinture, encore qu'il semble que la partie matérielle de cet art difficile n'ait été que très-imparfaitement connue des artistes de l'antiquité.

En un mot, tous les arts, ayant au fond le même objet, qui est l'interprétation humaine de la nature, échappent aux lois exclusives des écoles. Cependant la manifestation de l'idée étant chose différente de l'idée elle-même exigera généralement l'étude des relations entre le fond et la forme, tandis qu'en poésie la forme coïncide intimement avec le fond, au point de ne former qu'une seule unité.

Si l'art est l'interprétation humaine de la nature, il ne résulte pas de ces paroles que tout rentre dans l'art. Telle n'est pas notre pensée, et, sans aller aussi loin que les théoriciens classiques modernes dont nous aurons à discuter les vues, nous ne pourrions approuver non plus le romantisme lorsque, négligeant le beau pour le « caractéristique, » il veut introduire toute la nature dans l'art.

Sans doute, l'art doit s'appuyer sur la nature, mais à condition de choisir. Tout indifféremment est-il susceptible des ornements de la poésie? Et quelle est la matière de l'art?

Avant de répondre à cette question, voyons comment M. Victor Hugo l'a résolue.

« Le christianisme, dit M. Hugo, amène la poésie à la vérité. Comme lui, la muse moderne verra les choses d'un point de vue plus haut et plus large. Elle sentira que tout dans la création n'est pas humainement beau, que le laid y existe à côté du beau, le difforme à côté du gracieux, le grotesque au revers du sublime, le mal avec le bien, l'ombre avec la lumière. Elle se demandera si la raison étroite et relative de l'artiste doit avoir gain de cause sur la raison infinie, absolue du Créateur; si c'est à l'homme à rectifier Dieu; si une nature mutilée en sera plus belle, etc. (1). »

Sans discuter les opinions personnelles de M. Victor Hugo sur l'harmonie universelle, et sans songer le moins du monde à rectifier Dieu, nous dirons cependant que la poésie ne peut avoir pour objet l'universalité des choses, car, en ce qui concerne cette harmonie, n'est-il pas vrai que nous en concevons l'existence sans la comprendre, qu'elle est pour nous purement objective? Elle est réelle, soit, mais elle n'est pas vraie. Nous ne saisissons, nous, que des harmonies partielles, et celles-ci seules peuvent être la matière de l'art. Il est certain que la nature ne nous intéresse pas tout entière. Certaines choses nous laissent indifférents, certaines autres nous répugnent. Que cette indifférence, que cette répugnance ne soit que l'effet d'une manière bornée de considérer la nature, nous voulons bien en convenir, mais l'homme est borné, et la nature ne pouvant entièrement coïncider avec lui, ce n'est que par ses points de contact qu'elle peut devenir la matière de l'art.

A cette harmonie, que nous recherchons partout dans les œuvres de la création, est due la prépondérance du beau dans les arts. Le beau n'étant en effet qu'une harmonie visible, il était raisonnable que l'homme s'en saisît tout d'abord, et vît dans les splendeurs naturelles les manifestations vivantes de cette harmonie univer-

(1) Préface de Cromwell.

selle qu'il devinait sans s'en rendre compte. Le beau devint ainsi l'objet de l'admiration des peuples, tandis que le laid et le difforme ne nous offrant que disparates et contradictions furent rejetés comme indignes.

Ce n'est pas cependant que le grotesque ait jamais été banni complétement de l'art. Nous verrons même les plus illustres poëtes de l'antiquité lui faire une place au milieu des sévères grandeurs de l'épopée et du théâtre. Mais au lieu de partager également avec le beau le domaine de l'art, il fut prudemment réduit à un rôle subalterne et, loin de fixer les regards, ne servit qu'à mettre en lumière, par le contraste, les beautés qu'enfantait le génie du poëte. Ainsi voyons-nous le grotesque apparaître non-seulement dans la poésie d'Euripide et d'Homère, mais même dans la tragédie sacrée de Sophocle et le lyrisme enthousiaste d'Eschyle.

On voulait bien opposer l'ombre à la lumière, mais on voulait aussi que l'ombre ne servît qu'à donner à la lumière plus d'éclat, sans jamais ni l'envelopper ni l'affaiblir.

M. Victor Hugo qui, de nos jours, contribua le plus à donner au grotesque un rôle prépondérant, nie que le grotesque ait été véritablement connu des anciens. Dans sa comparaison des types burlesques de la fable antique avec ceux de la légende du moyen âge, il ne manque pas de préférer les gnomes aux cyclopes, la gargouille de Rouen à l'hydre de Lerne et le diable à Pluton (1). Nous ne nous arrêterons pas à juger cet important procès. Nous ferons seulement observer que si le beau n'a qu'un type, le laid en a mille qui varient

(1) Préface de Cromwell.

suivant les temps et les lieux. Il n'y a pas de lois pour le ridicule, et rien ne nous dit que le roi Midas, Silène et les satyres n'aient pas été autrefois, pour les Grecs, aussi grotesques que Falstaff ou Sancho le sont aujourd'hui pour nous.

Cependant, dit M. Victor Hugo, « cette beauté universelle que l'antiquité répandait solennellement sur tout n'était pas sans monotonie ; la même impression toujours répétée peut fatiguer à la longue (1). » Ce beau continu n'existait pas chez les Grecs, pas plus dans le drame que dans l'épopée. M. Hugo eût été, croyons-nous, plus près de la vérité en disant que le grotesque n'avait pas chez les Grecs l'importance qu'il a sur la scène romantique. Si le grotesque ancien ne nous touche plus, c'est que le laid est changeant, insaisissable. Arlequin n'est pas Punch, Sancho n'a son pareil ni dans Skelton, ni dans Rabelais, et Shakespeare joué sur le théâtre de Londres, tout en nous faisant admirer ses magnificences, nous laisse impassible à des scènes qui ne manquent jamais d'exciter jusqu'aux larmes les éclats de rire du peuple anglais.

Mais M. Hugo était chef d'école ; il avait des obligations à remplir ; tout était permis à un homme que l'on considérait déjà, et avec raison, comme le plus beau génie poétique du siècle, et ses disciples, ayant décidé que le laid régnerait dans l'art côte à côte avec le beau, crurent ajouter à la gloire de leurs innovations en déniant aux anciens ce grotesque que l'on voulait tout-puissant. En conséquence, on défendit à l'antiquité, magistralement drapée à la façon des héros de théâtre, d'avoir jamais souri ; on dépeignit les tragiques grecs comme

(1) Préface de Cromwell.

des maniaques qui n'avaient vu dans les hommes que des statues, dans les actions humaines que des prétextes à poses plastiques. Puis, on jeta sur la scène l'or et le fumier, les vertus et les vices, les sceptres et les marottes, confondus, au hasard, pêle-mêle, sens dessus dessous, et l'on s'écria : Nous sommes créateurs !

Mais au lieu de reproduire la nature, on ne reproduisit que le désordre de la nature, et ces créateurs de l'art moderne, qui reprochaient à leurs devanciers de vouloir rectifier Dieu, le contrefaisaient à leur insu. Aussi le cœur humain n'y a-t-il pas trouvé sa véritable satisfaction et s'est-il réfugié dans cette nature immortelle que l'on voulait remplacer par la nature romantique.

Il n'en pouvait être autrement. Si l'art est la reproduction du beau sous une forme extérieure qui affecte les sens, n'est-il pas évident que le romantisme ne l'a pas compris ? Ou bien si l'art est la reproduction pure et simple de la nature, ne devient-il pas chose complétement superflue, et l'homme n'aura-t-il pas plus vite fait de chercher la nature dans la nature ?

Comme dit M. Taine, « la nature délaye la beauté, l'art la concentre. » Saisir des beautés éparses, les condenser et les unir dans un tout harmonieux, voilà l'art. Toute autre manière de voir conduit fatalement ou à une copie, toujours infidèle, de la réalité, ou à un art factice n'ayant que l'apparence de la vie, comme il est arrivé aux classiques modernes dont les œuvres sont irréprochables peut-être au point de vue d'une logique idéale, mais ne renferment rien de vrai : édifices aux proportions admirables, mais ne reposant sur aucune base.

Quelle sera maintenant la matière de l'art?

Si l'on tient compte de ce que nous avons établi jusqu'ici, la réponse est facile. C'est la nature en tant que nous en apercevions les rapports avec nous, ou, si l'on veut, le cœur de l'homme mis en présence de la nature.

La nature et l'homme, voilà les deux pôles de l'art.

Si la nature, si le monde objectif reste sensiblement le même, l'homme et le cœur humain changent suivant les temps, et par conséquent aussi les rapports de la nature avec l'homme. L'art ne peut donc être immuable; il se transforme incessamment suivant la marche des idées. Cette marche continue, perpétuelle, c'est le développement de l'art (1), c'est cette séve toujours en mouvement qui fait pousser les jeunes rameaux et délaisse les vieilles branches trop faibles pour soutenir le *struggle of life*, la concurrence vitale.

Copier l'art ancien, l'imiter en s'inspirant uniquement du passé, c'est greffer sur l'arbre vivant des branches mortes et tombées.

Ainsi donc, l'art subit des métamorphoses perpétuelles pour s'incarner toujours plus complet dans chacune d'elles : ce sont les étapes de l'art vers la perfection, et la dernière incarnation étant la seule en

(1) L'art n'est pas plus la reproduction de l'art qu'il n'est la reproduction de la nature. L'art croît de génération en génération. Les œuvres des grands artistes, tous inspirés par leur époque, se succèdent, et cette succession est le développement de l'art. Mais s'inspirer uniquement du passé, refaire ce qui a été fait, c'est imiter, c'est traduire; c'est manquer son époque; c'est faire de l'art intermédiaire, de l'art qui n'a pas sa place marquée dans la vie de l'art. (Pierre Leroux, Préface de Werther.)

On a dit : « La poésie dramatique est l'histoire en action de l'état successif des passions, des mœurs et de la nature. » (C. Cantu, *Hist. universelle.*)

rapport avec les idées actuelles, nous pouvons dire : l'art doit être actuel.

Mais l'art ne se transforme pas seulement suivant les temps, il varie aussi suivant les lieux. L'homme présente des variétés infinies, et il y aurait autant de folie à vouloir imposer un même art à tous les hommes qu'à leur prescrire l'unité d'idées et de sentiments. Chacun de nous se développe, sent, pense, agit au milieu d'une civilisation particulière dont il ne peut éviter l'influence. Calderon, Shakespeare ont beau faire, l'originalité de leur génie ne les affranchit pas du joug. L'Espagne est tout entière dans le premier; l'Angleterre dans le second. L'art ne sera donc pas seulement actuel; il ne sera pas seulement de son temps; il sera de son pays (1).

Cependant, cette actualité et, si nous pouvons ainsi dire, cette nationalité de l'art ne doivent pas être entendues d'une manière tellement absolue que jamais la manifestation de l'art des temps passés ne puisse convenir à la civilisation présente, ou qu'une production de l'art ne puisse en aucun cas s'accommoder qu'au génie d'un seul peuple.

Parmi les variations, en effet, que subissent l'esprit et le cœur humains dans le cours des âges, il s'en faut que tout soit changement. L'homme, tout en se transformant, ne perd pas son identité et, si l'on me pardonne une expression hégélienne, il se fait autre en restant le même : « il devient. » Pour tout dire en un

(1) De même que Hamlet, le drame du doute et de la douleur septentrionale, n'a pu éclore que dans la Grande-Bretagne après Luther, la Dévotion de la croix, ce drame du symbole méridional et de la croyance effrénée, n'a pu naître, germer et mûrir qu'entre les Pyrénées et Gibraltar. (Ph. Chasles, *Études sur le drame espagnol.*)

mot, l'homme du temps actuel n'est que l'homme du temps passé, plus ou moins modifié.

Image du cœur humain, l'art représente à la fois ce changement et cette identité. Expression du devenir, l'art n'aura qu'une actualité passagère; expression de l'être, son actualité persiste.

Pareillement, au milieu des différences sans nombre qui distinguent les différentes familles de la race humaine, il ne manque cependant pas de traits généraux à toutes. Il n'y a pas que des idées de patrie; il y a des idées d'humanité, communes à tous les peuples. Comme formule de ces idées d'humanité, l'art perd son caractère exclusivement national et devient la propriété de tous.

Les peuples passent, et l'humanité reste. Avec les peuples passent aussi les idées et les manifestations de l'art purement nationales. Avec l'humanité restent les idées humaines et les manifestations humaines de l'art.

Les productions de l'art doivent donc être actuelles et nationales; mais avec cette réserve que les idées humaines étant communes à tous les temps comme à tous les peuples, une véritable production de l'art, dans la signification supérieure de ce mot, sera de tous les temps comme de tous les peuples, ou, en d'autres termes, toujours actuelle et partout nationale.

CHAPITRE II.

ORIGINE ET DÉVELOPPEMENTS DU THÉATRE GREC ET DU THÉATRE FRANÇAIS.

Sans entrer dans trop de détails sur les origines du théâtre, il importe d'étudier brièvement les conditions dans lesquelles il prit naissance chez les Français et chez les Grecs.

Groupés dans le bassin oriental de la Méditerranée, vivant sous un climat des plus favorables, il était naturel que les Grecs, avec leur imagination vive, ardente, toute méridionale, entendissent l'art autrement que nos hommes du Nord. Ni la nature ni l'homme ne sont chez nous ce qu'ils étaient dans l'Attique, et vainement voudrait-on reproduire dans l'art des effets que l'on n'a pas ressentis. Chaque pays a son aspect particulier qui ne peut être saisi que par suite d'une longue habitude.

Là, l'homme vivait dans la rue, dans les bois, sur les ports, sous les portiques ; ici il est dans sa maison, à son foyer. Le Grec se promenait dans son pays comme dans un jardin. Le nécessaire ne lui manquait jamais. Il ne cherchait que le superflu ; il le trouvait, il en jouissait.

On conçoit combien en Grèce était vaste le champ de l'art. L'homme ayant toujours la nature sous les yeux, vivait presque de la même vie qu'elle. L'art occupait la première place dans la vie humaine. Nous ne voyons, nous, la nature qu'à nos moments de loisir, après le travail. L'art n'occupe chez nous qu'une place secondaire.

D'un côté comme de l'autre, l'objet de l'art est le même, mais la nature étant différente, l'art doit l'être aussi. On ne peut transplanter certains arbres du Midi dans le Nord. C'est pourtant ce qu'ont essayé de faire les tragiques français.

D'autre part, les temps aussi, nous l'avons vu, sont de puissants modificateurs de l'art. La muse antique est muette ensevelie sous l'Hélicon.

Manifestation d'un ordre de choses qui n'est plus, qui ne nous est qu'imparfaitement connu, la poésie ancienne ne peut nous révéler son degré de vérité ; nous ne pouvons définir avec justesse sa position à l'égard de la société d'où elle est sortie. Nous n'avons plus toutes les données nécessaires pour lui rendre la vie. Elle n'existe plus que mutilée, incomplète, disloquée, comme ces monstres paléontologiques restaurés par la science du naturaliste. Nous parvenons bien aussi par l'induction à reconstituer rationnellement la civilisation des anciens, mais nous n'en avons, en fin de compte, que le squelette.

Cet oubli complet des conditions de temps et de lieu influa tout d'abord fâcheusement sur le premier développement du théâtre français. D'autres causes encore contribuèrent à affaiblir en France la valeur de la tragédie. Nous mentionnerons en premier lieu l'absence d'une vraie nationalité, et d'un langage vraiment national.

Les États grecs avaient beau se gouverner chacun d'après ses propres lois, tous se reconnaissaient, se proclamaient d'une commune origine, et les divers peuples de la race hellénique, malgré les rivalités qui souvent les divisèrent, se regardaient cependant comme d'une même famille. Il n'y avait que deux genres d'hommes pour les Grecs, les Hellènes et les Barbares. Tous les Grecs avaient au fond les mêmes dieux, les mêmes mœurs, le même esprit. Tous fraternisaient aux jeux olympiques, priaient aux mêmes autels de Delphes, de Dodone ou d'Épidaure. Tous enfin avaient le même langage.

Il y avait, il est vrai, des dialectes, mais ils différaient fort peu les uns des autres, et ne constituaient que des variétés, comme les États dans la nation, sans affaiblir l'évidente unité; souvent même on employait plusieurs dialectes dans la même œuvre, comme dans la tragédie par exemple, où le dialecte est attique et le chœur dorien (1), et tels auteurs abandonnent spontanément leur dialecte maternel pour en employer un autre plus approprié au but qu'ils se proposent ou plus consacré par l'usage.

Ainsi l'existence de dialectes particuliers, au lieu de faire

(1) Trois dialectes différents sont usités sur le théâtre indien; les bramines et les principaux héros parlent le sanscrit ou langue sacrée, les personnages secondaires le pracrit, langue déjà moins savante, et les acteurs subalternes le pali ou langue usuelle.

la ruine de la langue grecque, fit précisément sa richesse.

Il en fut autrement en France, où des idiomes imparfaits, détrônés les uns après les autres par le dialecte français, se sont vengés de lui en l'altérant à mesure qu'ils se décomposaient eux-mêmes. De cette lutte résultèrent des patois libres d'allures, mais abâtardis, et une langue qui, sans cesse aux prises avec eux, ne put être gardée pure de tout mélange que par l'autorité d'une académie. On ne peut connaître cette langue que par l'étude, et tandis que l'enfant grec suçait pour ainsi dire l'idiome de sa race avec le lait maternel, nous avons dû, nous, chercher notre langue officielle dans les livres. Mais une langue que l'on apprend de la sorte a cessé d'être populaire et ne peut être commune à tous.

Il y a plus. Les classes élevées de la société étant généralement les seules qui pussent étudier et parler l'idiome national reconnu en France, il en résulta qu'au lieu d'être l'expression de la nation tout entière, la langue française passa au service des classes élevées, tandis qu'il ne restait au peuple que les vieux dialectes dégénérés en patois.

Ainsi, l'orgueil de caste aidant, la langue en vint à n'être plus que l'expression d'une noblesse affectée, sans la moindre ingénuité, et, tout en restant étrangère à la majorité de la nation, elle ne fut, même pour les adeptes, qu'un instrument compliqué dont il fallut se servir conformément aux instructions des « Quarante Immortels. » Un semblable développement, on le conçoit, ne peut aboutir qu'à une langue factice dans le genre de l'hébreu rabbinique, qui n'est, lui non plus, que le développement mécanique du vieux langage, entendu des seuls rabbins.

Il est aisé, dès maintenant, de voir combien le grec l'emportait sur le français pour rendre la poésie vraiment populaire. Le poëte grec emploie sans efforts une langue qui est celle de toutes les classes, de tous les individus. La langue du poëte français est toujours plus ou moins savante et ne s'adresse qu'à certaines classes. Le tragique athénien n'a qu'à se laisser aller au génie du langage même. S'il lui résiste, les potiers du Céramique et les maraîchers de l'Emporion sauront le rappeler au devoir. Le poëte français doit se surveiller toujours, sinon il s'expose aux foudres des académiciens et des savants.

A cette égalité de tous les hommes devant le langage, se joignit en Grèce une autre égalité non moins propice à la prospérité des arts et du théâtre, l'égalité des citoyens dans l'État.

En France, le théâtre prit naissance sous la royauté, pour se développer sous le despotisme absolu. En Grèce, son apparition data de la ruine des tyrannies; il grandit sous la république démocratique. Le caractère de l'art se ressentit de cette différence de système politique. Le théâtre fut démocratique en Grèce, aristocratique en France. Le poëte athénien n'était au service de personne; il appartenait à son pays, et il n'était au pouvoir d'aucun maître de provoquer, dans l'intérêt de sa propre gloire, l'éclosion factice de tel ou tel genre de littérature.

On peut dire que, sous un gouvernement démocratique, l'art étant la propriété du peuple tout entier, devient l'expression complète et fidèle du peuple; tandis que sous le régime despotique, où le seigneur est tout, où le peuple n'est rien, il se rétrécit au point de n'être plus que l'expression d'un homme, et de celui-là justement qui ressemble le moins aux autres.

Mais si un homme, si une cour peuvent oublier la nature au point de n'avoir presque plus rien de commun avec elle, il n'en est pas de même d'un peuple. La nature chassée du palais reste debout sur la place publique, et tandis que la cour n'accordera sa bienveillance qu'à l'exaltation de ses propres grandeurs, le peuple, sans orgueil et sans bassesse, verra dans chaque chose sa convenance et sa beauté naturelle.

A propos de la communauté d'origine, nous avons déjà eu l'occasion de dire un mot des dieux et des héros de la Grèce. Ces dieux, ces héros, l'imagination populaire se les figurait partout comme ayant présidé aux destinées de la nation hellénique. Hommes et dieux ne formaient pour ainsi dire qu'un seul peuple et vivaient côte à côte; souvent les premiers avaient donné l'hospitalité aux seconds, souvent ils s'étaient rapprochés par des mariages; et la Grèce, fière de son passé glorieux, mêlant le ciel et la terre dans les mêmes aventures, ne manquait pas de poëtes inspirés, rappelant chaque jour aux Grecs la noblesse de leur commune origine, rassemblant dans leurs chants les histoires poétiques de la patrie : la guerre des Titans, les travaux d'Hercule, les exploits de Thésée, l'expédition des Argonautes, le siége de Troie, les malheurs de Thèbes, les crimes des Pélopides et tant d'autres mythes encore qui, transmis de génération en génération, chantés par les aèdes, invoqués par les orateurs du Pnyx, étaient vivants dans la mémoire des hommes.

La tradition n'eut pas cette force en France. Sans faire observer que les Français ne furent jamais un peuple d'imagination, comme il n'y avait guère de communauté d'origine ou de mœurs entre les divers peuples de la monarchie, il n'y eut pas à proprement parler de légendes nationales ; il y eut des légendes ou plutôt des chroniques locales. Le passé restait enfoui dans les archives poudreuses d'une abbaye, ou, si la poésie s'en mêlait, elle ne contribuait guère à le populariser.

On comprend quelle importance durent avoir les poëtes dans un pays comme la Grèce (1). Ils étaient à la fois les historiens et les instituteurs de la nation, et comme la science n'était pas encore née, la poésie lyrique, épique, didactique tenait lieu de science et reproduisait fidèlement l'homme et la nature, comme les avait conçus le naïf enthousiasme du peuple..

« Nulle race en Europe n'est moins poétique, » dit M. Taine en parlant des Français. Le Grec avait commencé par la poésie ; le Français débuta par la prose. Les premiers prosateurs grecs sont encore des poëtes ;

(1) Comment les poëtes grecs n'auraient-ils pas eu une influence énorme sur les esprits? Ils étaient les chantres de la gloire nationale, d'une race, d'une ville. Ils n'étaient pas seulement agréables, mais utiles et nécessaires. On ne faisait point de différence entre un grand poëte et un grand général ou un grand homme d'État. Solon était poëte. Quand les Spartiates demandent à Athènes un homme qui rétablisse leurs affaires, les Athéniens leur envoient le boiteux Tyrtée qui leur donne la victoire et rappelle l'ordre dans l'État. Eschyle n'est qu'un soldat de Marathon, Sophocle est payé de son Électre par le Stratégat; les captifs de Sicile doivent leur délivrance aux vers d'Euripide; son Électre sauve Athènes d'une destruction complète après Ægos-Potamos; c'est en récitant une poésie que Solon pousse ses concitoyens à la conquête de Salamine; un enfant debout sur les cendres de Corinthe, sa patrie, emprunte les vers d'Homère pour pleurer et se lamenter. Ainsi la poésie est partout; les rois disputent à Olympie le prix de la poésie. Les poëtes conduisent la nation. Autant que les rois de l'âge héroïque, ils sont les pasteurs des peuples, les ποιμένες λαῶν. Ils ne sont pas comme nos anciens trouvères les poëtes de la noblesse; ils ne sont pas comme les parasites d'Auguste les poëtes du prince; ils sont les hommes du peuple et les δημιουργοὶ par excellence.

il ne leur manque que le mètre. Il ne manque aux premiers poëtes français que d'abandonner la rime pour rester prosateurs.

Indépendamment de ce mirage poétique dans lequel l'imagination grecque voyait se dérouler les fastes de l'histoire, une autre circonstance encore contribua puissamment à orner la poésie nationale : la richesse du merveilleux.

Fruit de l'imagination, la religion grecque était toute d'imagination et n'avait pas de dogmes. Les héros et les dieux, beaux, intelligents, personnifiaient l'homme et la nature, Athéné les arts utiles, Apollon la poésie et la lumière, Zeus le ciel, Déméter la fécondité de la terre, Hermès l'activité de l'esprit humain, le commerce et l'éloquence; les maisons, les eaux, les airs, les bois sont pleins de dieux.

L'imagination grecque avait donné naissance au merveilleux; la même imagination le développa. La poésie en fit son plus bel ornement.

Le merveilleux chrétien est d'une tout autre nature. Ici, en effet, les héros non-seulement n'ont pas les passions humaines, mais encore ils ne sont arrivés à l'apothéose qu'en répudiant sciences, arts, force, beauté, sagesse, tout ce qui pouvait les rattacher aux autres hommes. Solitaires pour la plupart, ils sont restés en dehors de l'humanité; ils n'ont rien de commun avec elle, ils ne peuvent servir d'ornement à la poésie.

Ajoutez à cela que le christianisme est sombre et n'a pas de sujet qui n'ait été glacé par la théologie, et que le théâtre étant né chez nous à une époque où la foi était déjà chancelante et le clergé intolérant, jamais ce clergé n'eût permis de grandes licences sur des sujets chrétiens. A supposer qu'il en eût permis, elles n'auraient atteint le but pour les croyants qu'à la condition d'être théologiquement légitimes, et il serait encore resté les indifférents et les incrédules pour tourner le poëte en dérision.

Mais le merveilleux païen pouvait se passer de foi. Libre dans ses allures, il a pour tous ceux qui le connaissent un charme irrésistible, parce qu'il est la personnification de l'homme et de la nature. Le christianisme n'a de charme que par la foi, et qui l'emploie doit se résigner à ne contenter qu'un petit nombre de fidèles.

Le merveilleux chrétien ne pouvait donc servir de parure à une poésie nationale. Les poëtes s'en dédommagèrent en adoptant le merveilleux païen, qui resta le domaine de quelques initiés.

Une, politiquement, la nation française était divisée de toutes les autres manières. Le peuple esclave n'avait d'autre histoire que l'histoire de ses rois, que rien n'avait pu poétiser. Les trouvères n'avaient chanté que pour leurs princes et leurs dames. Il n'y eut point en France de rhapsodes nationaux. L'épopée n'y pouvait naître : il fallut s'en passer.

L'épopée contribua singulièrement au développement sinon à la naissance de la tragédie en Grèce. Synthèse générale de toutes les créations du génie grec, de tous les souvenirs nationaux, célébrant les gloires de la Grèce, son union contre les barbares dès les temps les plus reculés, fixant les caractères des héros, développant le merveilleux, projetant au loin les splendeurs de la race des Hellènes, l'épopée préparait le chemin au théâtre tragique et lui versait à pleines mains les trésors que devaient employer Eschyle, Sophocle, Euripide.

L'épopée nationale n'ayant point paru en France, le

théâtre n'eut point de héros nationaux. Le poëte ne put mettre en scène que des inconnus ou des gens dont à peine on avait entendu les noms.

Ce n'est pas de l'épopée cependant, que la tragédie devait naître, mais du dithyrambe.

Des chœurs chantaient les louanges de Bacchus; dans ces chants, on intercala comme intermèdes des récits dont les aventures du dieu firent d'abord tous les frais, mais qui ne tardèrent pas à leur devenir complétement étrangers.

Insensiblement l'on en vint à regarder comme présents les événements racontés par cette sorte d'acteur nouvellement improvisé, et l'introduction successive d'un deuxième, d'un troisième acteur fit une action de ce qui dans le principe n'était qu'un simple récit.

Cette action se développa devant le chœur, témoin idéal du drame, interprète lyrique transmettant aux spectateurs les impressions que lui-même avait ressenties.

On voit comment ici tout se transforme graduellement, suivant la marche même de l'esprit national. L'épopée enthousiasme les esprits et s'introduit pas à pas dans le lyrisme à la faveur de l'action. Elle n'y domine pas tout d'un coup. Ce n'est que peu à peu qu'elle en vient à oser lui disputer la prédominance. Aussi le théâtre ne sera-t-il d'abord qu'une forme nouvelle pour ainsi dire du lyrisme, et le dithyrambe y régnera encore presque sans partage. Eschyle est plus près de Simonide ou de Pindare que de Sophocle; le chœur prend chez lui des développements immenses; le dialogue toujours resserré dans d'étroites limites disparaît presque tout à fait dans les *Suppliantes*. Le théâtre d'Eschyle n'est qu'un hymne perpétuel au destin.

Bientôt le lyrisme d'Eschyle fait place à l'épopée plus humaine de Sophocle. La muse ne restera pas éternellement dans le ciel, et les dieux reviendront converser sur la terre dans la société des héros de la Grèce, jusqu'au moment où, chassés par la philosophie d'Euripide, ils s'évanouiront pour laisser le champ complétement libre aux passions humaines.

Lyrisme, tragédie, drame, telles sont les trois phases du théâtre grec.

A Marathon, à Salamine, à Platée, comme dans les déserts du Sinaï, l'homme a reconnu l'intervention de son dieu. La Grèce d'Eschyle, exaltée par les victoires, chante son hymne des « Perses, » comme, au sortir de la mer Rouge, le peuple hébreu sauvé des flots entonne le cantique de Moïse. Quand vient Sophocle, la première ivresse du triomphe est calmée. Eschyle a combattu à Marathon ; Sophocle enfant a dansé autour du trophée. Jupiter tonnant reprend sa face sereine, l'épopée succède au lyrisme, le jeune Sophocle au vieux Eschyle. La Grèce prospère cherche dans son passé les héros de sa gloire.

L'homme cependant sort de ce magique sommeil aux visions resplendissantes. Peu à peu se dissipent les héros et les dieux du passé devant la réalité présente. C'est vers l'homme actuel que se tournent maintenant les regards. On fait la part exacte des réalités et des rêves ; l'orage commence à gronder au fond du cœur humain ; la philosophie chasse l'épopée, Sophocle est détrôné par Euripide.

Enthousiasme, foi, réflexion, ou exaltation, croyance, philosophie, telles sont les trois phases de l'esprit grec, et chacune d'elles a laissé son empreinte au théâtre.

En France, le théâtre se développe d'une tout autre

façon. Les confrères de la Passion jouaient des mystères, les enfants Sans-Souci des soties, enfin les enfants de la Basoche des moralités.

Sans nous arrêter à déterminer au juste quels caractères distinguaient ces trois genres, disons seulement qu'ils avaient en commun cette qualité de représenter certaines faces de l'esprit français qui leur avait donné naissance.

Que ces mystères, soties et moralités fussent d'une grossièreté révoltante, cela pourrait bien être, mais le peuple étant grossier lui-même, on ne voit pas à qui un art plus poli aurait pu s'adresser.

Au reste, ce n'était là qu'un commencement, un embryon de théâtre, et il eût été surprenant qu'à sa naissance et à une époque barbare il eût produit des chefs-d'œuvre.

Quoi qu'il en fût, le théâtre valait à peu près ce que valait la nation, et l'art étant l'expression fidèle du peuple, il était à croire que, le peuple se transformant, l'art se transformerait aussi.

Arriva Jodelle, qui fit une tragédie imitée du théâtre grec. Le roi, la cour assistèrent à cette auguste représentation, dont le peuple fut scrupuleusement éloigné. On cria miracle. Le poëte fut couronné. On sacrifia le bouc tragique « *more majorum* » et le vieux théâtre français avec lui.

Quelles furent les conséquences de cette révolution littéraire dont on fit alors tant de bruit, de laquelle on data tous les progrès du théâtre, que l'on appela la Renaissance?

« La question de savoir, dit M. Nisard, combien il importait pour cette branche de la littérature nationale que l'esprit français fût renouvelé par la Renaissance se reproduit ici avec une nouvelle force. Ce qui prouve à quel point il avait besoin de l'antiquité païenne, c'est l'oubli profond où sont tombés depuis lors les ouvrages composés par quelques superstitieux de l'ancienne mode, derniers représentants de ce qu'ils appelaient le théâtre national (1). »

Il ajoute : « Ces restes de l'esprit gaulois auraient cédé infailliblement la place à l'esprit français entrevoyant pour la première fois, sous les mots charmants de tragédie et de comédie, l'idéal d'un art que le XVIIe siècle seul devait réaliser (2). »

Mais parce que le théâtre n'était pas né armé de pied en cap comme Minerve, fallait-il, s'épargnant la peine de le perfectionner, le prendre tout fait de l'antiquité? M. Nisard, du reste, est-il bien en droit d'affirmer que si les « œuvres des superstitieux de l'ancienne mode » sont tombées dans l'oubli, c'est qu'elles n'étaient susceptibles d'aucun perfectionnement ultérieur? Ne pourrions-nous pas dire, au contraire, que les littérateurs français refusant de polir la littérature nationale, celle-ci fut abandonnée en dépit de l'esprit national pour une littérature plus savante? Que les poëtes courtisans, désespérant de s'illustrer en suivant une route à peine frayée et ne se souciant nullement de la frayer à leurs successeurs, préférèrent en suivre une autre où l'on pouvait du premier coup arriver à une perfection relative? Nous croyons bien que ni Thespis ni ses prédécesseurs, s'il en eût, ne connurent la perfection de Sophocle, et que leurs ébauches étaient de beaucoup inférieures en valeur à ce que l'on vit plus tard au

(1) *Hist. de la littérature française*, chap. III.
(2) *Ibid.*

théâtre grec; ils préparèrent cependant la scène à la magnificence de Sophocle, au drame national, et, en supposant que l'Égypte et la Perse eussent eu un théâtre plus parfait que le leur, ils n'auraient pu, sans renier l'art de la patrie, abandonner pour une muse étrangère ces essais informes.

L'art est ou n'est pas l'expression du génie actuel de la nation. Dans le cas de l'affirmative, on ne comprend pas qu'en France, au XVIe et au XVIIe siècles, le génie national ait pu ressembler au génie national de la Grèce au point qu'un même art ait pu les exprimer tous deux.

Nous croyons que si la révolution opérée par Jodelle pouvait se justifier, ce n'était que par un rapprochement effectué entre l'art et la nation. Et ce rapprochement, il s'en faut que Jodelle y ait même pensé. Au lieu de donner à la nation un théâtre qui convînt à la nation, il voulut lui imposer le théâtre qu'il avait rêvé. Ce n'est pas ainsi qu'il aurait fallu procéder, et pour transformer l'art national, il n'était pas besoin de le faire disparaître. On eût dû bien plutôt le continuer et le perfectionner, comme avaient fait ces poëtes dont on pillait inconsidérément les œuvres.

Pour le dire en passant, la Renaissance et la Réforme, arrivées presque en même temps, furent deux révolutions en sens inverse. Jodelle fut en littérature l'opposé de Luther en religion.

Que veut Luther? Ruiner le vieux principe d'autorité en matière religieuse, remplacer le vieil esprit de Rome par l'esprit nouveau de la Germanie, le convenu par le vrai, la foi par l'examen, la servitude par l'indépendance.

Partout en Europe couvaient des idées nouvelles

que l'antiquité n'avait pas même soupçonnées, mais si vivaces, que quelques étincelles les allument de tous côtés, en dépit des persécutions. Il semblait naturel que l'esprit se renouvelant prendrait une forme nouvelle.

Jodelle ne sentit pas cette nécessité, pourtant si évidente, de la convenance entre le fond et la forme. La pensée devenait libre : on lui fit porter la livrée des maîtres ; l'esprit humain devenait moderne : on le poussa de force à l'école des anciens.

Bientôt l'amour de la forme hautement prisée dans le monde littéraire fit abandonner la pensée. Dorénavant l'art ne fut plus qu'une forme ; il s'interdit sévèrement toute pensée dont l'actualité pût nuire à la calme indifférence de sa beauté. La philosophie, abandonnée aux penseurs de profession, ne fut plus jugée digne de l'art.

Comment aussi encadrer dans la forme antique la pensée du XVIe et du XVIIe siècles? Cette forme antique elle-même, dont on se montrait si jaloux, l'avait-on bien comprise? Était-ce le théâtre ancien que Jodelle avait ressuscité? Les poëtes français surent-ils rajeunir la scène grecque en l'imitant, ou se contentèrent-ils de la continuer par une copie fidèle? C'est dans Corneille et dans Racine que nous devons chercher la solution de cette question.

CHAPITRE III.

LES FAUX TRAGIQUES.

Dans une comparaison du théâtre français avec le théâtre grec, Eschyle doit être passé sous silence. Eschyle, en effet, ne se rattache guère au théâtre que par la forme, et, ainsi que nous l'avons expliqué, il est plus lyrique que tragique ou dramatique. Ni Corneille ni Racine n'ont jamais prétendu marcher sur ses pas, et, dans leurs imitations du théâtre grec, c'est sur Euripide et Sophocle qu'ils ont surtout tenu les yeux. Racine faisait de Sophocle son étude favorite, et Corneille, lorsqu'il formulait les lois du théâtre, sans puiser directement dans les tragiques, s'appuyait toujours des préceptes d'Aristote, auquel l'Œdipe-Roi servait de type.

Nous ne nous occuperons pas non plus du théâtre de Voltaire. A part quelques particularités secondaires, il ressemble de tout point à celui de ses devanciers, et Voltaire ne fit pas faire un seul pas à la tragédie française. La gloire de Corneille, de Racine surtout, l'empêchait de dormir. Il voulait faire comme eux. Il y réussit assez pour perdre toute originalité et prendre sa part des jugements favorables ou défavorables que l'on porta depuis sur la tragédie classique du XVIIe siècle.

Entre Euripide et Sophocle, il y a la différence du drame à la tragédie; la philosophie fait toute la richesse du premier, philosophie passionnée, tourmentée; le second vit surtout par la religion du passé, religion séduisante, majestueuse de simplicité.

Corneille et Racine doivent-ils être rangés parmi les tragiques ou parmi les dramatiques? Est-ce à Sophocle ou à Euripide que nous devons les comparer?

Précisons d'abord la signification de ce mot « tragédie » que l'on n'a pas toujours compris.

« La tragédie, dit M. Nisard, est la représentation d'une action importante où figurent des personnages illustres animés de passions dont le choc doit produire un événement funeste. »

Cette définition nous paraît incomplète. Elle n'établit pas suffisamment la différence entre la tragédie et le drame. Or, la tragédie, fille de l'épopée, doit pouvoir être distinguée du drame, qui voit l'homme, non plus poétisé par la tradition, mais tel que l'a saisi la réflexion philosophique.

La tragédie n'a pas le champ aussi vaste que le drame. Elle ne peut mettre en scène que les héros de l'épopée ou de la légende, et les faire revivre non pas conformément à la stricte vérité historique ou philosophique, mais tels que les hommes en ont gardé le poétique souvenir.

Le poëte n'est donc pas le maître de traiter les données de la légende en les modifiant à son gré. Il doit s'y conformer et n'écouter son imagination propre que là où elles font défaut (1). Chaque personnage de la tragédie aura son caractère marqué (2). Aucun poëte ne pourra s'écarter du type légendaire. Ces êtres sont tout personnels. On les connaît, on sait leur histoire d'avance. On veut les reconnaître sans qu'ils se nomment.

La peinture des caractères et des mœurs ne sera pas la même dans la tragédie que dans le drame. Le poëte dramatique devra avant tout consulter la nature; le poëte tragique la tradition, c'est-à-dire la nature agrandie, embellie par l'imagination des peuples.

(1) Il n'est pas probable historiquement que Guillaume Tell ait jamais été contraint d'enlever une pomme placée sur la tête de son fils. Il n'est pas naturel non plus que Tell ait eu assez de fermeté et d'adresse pour atteindre le but qu'il assignait à sa flèche. Mais ainsi le voulait la légende et Schiller devait s'y conformer.

(2) Ce qui prouve à quel point les anciens étaient scrupuleux à cet égard, c'est la fidélité avec laquelle ils cherchaient à imiter par le masque les traits des héros du théâtre tragique. Nous voulons bien croire que les masques servaient à renforcer la voix de l'acteur, et que le cothurne, le vêtement grandissant la taille des personnages, il fallait entre le corps et la tête rétablir une proportion qui sans le masque eût été rompue. Cependant les anciens mettaient tant d'art dans la confection de ces masques, et la poésie, la peinture et la statuaire avaient tellement fixé les types des héros et des dieux, qu'au théâtre tragique les principaux personnages au moins étaient représentés conformes à ces types individuels, comme nous le voyons dans l'ancienne comédie. Pourquoi Apollon, Ulysse, Œdipe n'auraient-ils pas eu leurs types populaires tout comme chez nous le Christ, la Vierge, les apôtres et les saints? Un tragique chrétien ne pourrait nous montrer le Christ que sous la figure d'un jeune homme blond, avec une barbe rousse et des yeux bleus. Un Christ aux yeux noirs, aux cheveux ras ferait scandale et discréditerait la meilleure pièce. Les Athéniens de même n'auraient pas voulu sans doute d'autres dieux que ceux dont ils voyaient chaque jour les statues dans leurs temples.

Quant à l'événement funeste qui, selon M. Nisard, doit terminer la tragédie, nous ne le croyons pas indispensable. Le Philoctète de Sophocle se termine par la délivrance du héros, le Cid par une promesse de mariage.

Disons donc que la tragédie est la représentation d'une action fameuse où figurent des personnages illustres, tels qu'ils ont été popularisés par l'épopée ou la légende.

Si l'on tient compte de ce que nous avons dit, au précédent chapitre, de la popularité de la tragédie à Athènes, on se fera une idée du charme puissant qu'elle devait exercer sur l'imagination populaire.

Qu'on se figure cette assemblée de citoyens poëtes réunis au théâtre d'Athènes, l'imagination exaltée par les récits d'Homère, glorieux du passé de leur nation, fanatiques de la noblesse de leur patrie. Ils sont les descendants directs des héros et des dieux. C'est une déesse qui protége la ville, Pallas Athéné, dont la statue d'ivoire resplendit au Parthénon ; ce sont des héros et des dieux qui l'ont fondée, ce sont des héros et des dieux qui donnent leurs noms aux dix tribus de l'Attique.

A Colone, non loin des portes de la ville, Thésée, le père des Athéniens, a recueilli le malheureux Œdipe poursuivi par la vengeance divine. On y montre encore la pierre où la tendre Antigone assit son vieux père aveugle. C'est à l'entrée du bois sacré des Euménides. Tous ont vu cette pierre ; tous ont passé par là silencieux, pleins de terreurs secrètes, sans oser détourner la tête, car un prodige effrayant s'est accompli sous la pâle couronne des oliviers.

Ils sont là, tous, anxieux, sans voix, les yeux fixés sur la scène.

Eh bien, le voilà ce roi mendiant et aveugle, symbole vivant de toutes les misères humaines! Le reconnaissez-vous? Sa fille le conduit; il gémit, et les larmes amères de l'exil coulent de ses yeux éteints. Le voilà qui s'assied sur la pierre moussue. Voici venir Créon, le prince sans entrailles; il insulte au malheur. Mais on n'est pas longtemps impie sur la terre de l'Attique. Il fuit devant la générosité de Thésée l'Athénien. Honte sur Thèbes! Athènes la Grande ne repousse pas le malheureux exilé. Elle est hospitalière et ne craint pas les menaces superbes. Salut, peuple de héros! Gloire à toi, ville sainte! Chante la magnanimité de tes enfants, Athènes! Enorgueillis-toi de ta fécondité, mère des vengeurs de l'Aveugle et de l'auteur d'Œdipe à Colone!

A ce théâtre, qui portait si haut la gloire de la patrie, opposons le théâtre de Louis XIV.

Le rideau n'est pas encore levé. Le théâtre resplendissant de lumières est encombré de petits marquis, de petites précieuses; l'atmosphère est imprégnée de parfums. On rit, on plaisante, on se salue, on se fait mille compliments en l'air, les dames s'escrimant de l'éventail et les cavaliers du chapeau. On se glisse l'un à l'autre, à l'oreille, un bon mot de Voiture, une plaisanterie de Chapelle, une pointe contre madame de Maintenon, une allusion méchante aux amours de madame de Longueville. On remarque la coiffure de madame de Sévigné, le haut-de-chausse de monsieur de Brézé, le pourpoint mal brossé de Montausier; on commente ses relations absurdes avec Julie d'Angennes. Tout à coup on annonce l'arrivée du roi. Le voilà! Ave, Cæsar! C'est pour lui, c'est pour le voir qu'on est venu, plus encore pour en être vu; car pourquoi viendrait-on au théâtre sinon pour voir le roi et faire un peu du roi soi-même au milieu de tout ce monde aristocratique, bavard, étourdi, remuant, élégant, emplumé, doré, enrubanné, contempteur du pauvre peuple et portant la livrée du maître? Pourquoi viendrait-on au théâtre sinon parce qu'ainsi le veulent l'étiquette et le goût du jour? Ne croyez pas que l'on y vienne pour la pièce. Quelle est-elle d'abord? Bon nombre l'ignorent. On joue *Andromaque*. Qu'est-ce, *Andromaque?* Plus d'un évite la réponse par un sourire équivoque. Au reste, qu'importe Andromaque? Et l'auteur...? — Bah! un roturier venu l'on ne sait d'où, qu'on appelle Racine, qui s'est, on ne sait trop comment, fourré dans les salons de madame de Rambouillet.

Enfin, on lève le rideau. Oreste et Pylade discourent sur la scène. Quoi, ce petit homme blond, à la figure blême, au tempérament lymphatique, c'est Oreste? *Quantum mutatus ab illo!* Il est encore bien diminué depuis le jour où les Héraclides transportèrent à Lacédémone ses os gigantesques trouvés derrière les fournaises du forgeron de Tégée! Il en faudra plus d'un comme celui-ci pour tuer le fils d'Achille!

Cependant le roi murmure à l'oreille du gros duc de Vivonne. Il n'a pas l'air content. Que peut-il se passer dans la tête de César-Auguste, trois fois divin? Adieu Andromaque! Pour peu que ce jeu-là continue, le public va la laisser marier à Pyrrhus sans écouter un seul mot de ses scrupules de veuve; la conversation s'établit partout à voix basse. En vérité, Pyrrhus et Phénix ne feraient pas mal de se taire, car tout le monde est sourd. Heureusement, voilà le roi qui sourit. Il se lève dressé sur ses hauts talons, majestueux sous sa perruque blonde. Comme il est grand ainsi! Le roi écoute.

Attention! Pyrrhus déclare sa flamme à la veuve d'Hector :

« Je souffre tous les maux que j'ai faits devant Troie.
« Vaincu, chargé de fers, de regrets consumé,
« Brûlé de plus de feux que je n'en allumai ;
« Tant de soins, tant de pleurs, tant d'ardeurs inquiètes...
« Hélas, fus-je jamais si cruel que vous l'êtes ! »

Le roi approuve du geste. Bravo Pyrrhus! — Bien, Racine! — Un bien galant homme que ce Pyrrhus! — Et Racine, un bien tendre auteur! — Oui, reprend une précieuse, furieusement tendre!

Quel intérêt peut exciter Andromaque dans une telle assemblée? Tous les caractères de la tragédie manquent à la fois dans l'œuvre de Racine. Son sujet non-seulement n'est pas populaire, mais encore il est inconnu à la plus grande partie des classes élevées. Et puis, qu'ont de commun Andromaque et Pyrrhus avec le passé de la France? Quelles sympathies peuvent-ils éveiller en nous? Que signifient ces conversations sous les colonnades d'un temple, ces conversations où l'antique se mêle partout à la coquetterie raffinée du temps? Pourquoi Racine s'est-il avisé de parler le langage de Sophocle? Voyons-nous que M. de Turenne copie la tactique du vieux Nestor?

Ce que nous venons de dire d'Andromaque, on pourrait le dire de la plupart des pièces de Racine et de Corneille; de Phèdre, d'Iphigénie, de Britannicus, d'Horace, de Rodogune, etc. En effet, si la tragédie est telle que nous l'avons définie, n'est-il pas évident que nous ne pouvons les regarder comme des tragédies? que l'action d'Andromaque n'est pas fameuse chez nous? que Pyrrhus n'est aucunement illustre dans notre pays où son nom n'est pas plus connu que celui d'Hermione? qu'événements et personnages sont parfaitement ignorés et ne peuvent faire en France, comme en Grèce, les frais d'une véritable tragédie?

Avant d'entrer plus avant dans les détails de la tragédie française, disons un mot du cadre dans lequel nos poëtes modernes ont prétendu l'enfermer d'après les modèles antiques.

La tragédie grecque était simple, sobre de détails, unissant au plus haut point l'indépendance à la régularité (1), ne prenant jamais que fort peu de développements.

La tragédie française voulut imiter cette riche simplicité de son aînée, et cette simplicité la perdit; car, si la tragédie grecque, empruntant à la légende une action et des caractères connus, pouvait se passer de plus amples détails, il n'en était pas de même de la tragédie française où l'action et les personnages, n'étant connus que du seul poëte, auraient exigé que le poëte les développât avant de les mettre en œuvre.

Les tragiques français, on ne sait trop pourquoi, ne jugèrent pas à propos de garder le chœur dont les anciens avaient tiré tant de beautés. Dès lors, la fable seule n'étant plus suffisante pour remplir les cinq actes obligés de la tragédie classique, il fallut suppléer à la pauvreté du fond par la richesse de l'intrigue, et l'amour, étant la plus riche source d'intrigues, fut toujours dominant sur la scène tragique où il n'aurait dû faire que de rares apparitions.

Cette suppression du chœur dans nos tragédies clas-

(1) « Irrégularité involontaire, » dit M. Taine des poésies grecques. *Hist. de la littér. anglaise*, liv. I, chap. I, § 8,

siques a lieu de nous étonner. Le chœur se prêtait éminemment à l'élévation des pensées, et grâce à lui la tragédie, tout en conservant la simplicité du dialogue, pouvait se maintenir dans son imposante majesté. En supprimant le chœur, les tragiques français transportèrent le lyrisme dans le dialogue, qui dès lors perdit toute convenance et tout naturel.

Nous l'avons dit, la simplicité de la tragédie grecque ne nuisait en rien au développement des caractères et de l'action. C'est que, en réalité, ces caractères et cette action étant généralement connus d'avance, il ne restait au poëte qu'à fixer l'idée que s'en faisaient les spectateurs. Mais la tragédie française n'ayant pas ce bonheur de ne s'adresser qu'à des hommes poëtes, ne développa ni les caractères ni la fable; il en résulta qu'ils restèrent trop vagues pour intéresser.

On dira que le génie n'est pas arrêté par une difficulté de ce genre. Quand l'immortel Molière, dans la première scène du Tartufe, nous présente ses personnages, nous les saisissons d'un coup et chacun tout entier. C'est que les caractères du Tartufe nous sont connus avant leur entrée en scène : Molière ne nous les fait pas connaître, il nous les fait reconnaître.

La tragédie, différente de la comédie, en diffère encore en ceci que ce ne sont pas à proprement parler des caractères qu'elle nous offre, mais des individualités déterminées.

Prenons la tragédie d'*Andromaque*. Je n'ai jamais vu ni Andromaque, ni Pyrrhus, ni Hermione, ni Oreste. Le poëte aura beau me dire adroitement qu'Andromaque est veuve d'Hector, qu'elle est aimée de Pyrrhus, et que son fils est réclamé par Oreste pour être mis à mort par les Grecs parce qu'ils craignent sa puissance future : je ne connaîtrai pas assez ces nobles étrangers pour sympathiser beaucoup avec eux. Ils n'ont ni mon langage ni mon cœur, et leurs actions ne me paraissent que fort peu logiques.

Ce n'est pas aux seules tragédies fabuleuses que s'applique cette remarque. Les tragédies historiques de Corneille sont dans le même cas. Cinna, Rodogune et les Horaces ne sont guère mieux connus chez nous et de nos jours que le serpent de Cadmus ou les infidélités de Thésée.

Les personnages de Corneille, tout historiques qu'ils sont, appartiennent après tout à une civilisation qui diffère complétement de la nôtre, et ils n'ont ni dans leurs sentiments ni dans leurs pensées rien de commun avec nous. Ils perdent aux yeux du peuple toute réalité et ne se distinguent plus des héros de la mythologie. Entre Auguste et Jupiter, Horace et Ajax, Périclès et Télémaque, le peuple ne fait pas de différence. Le vague du passé les confond tous dans l'imagination populaire ; ils sont indécis, fantastiques, démesurés et fuyants, comme des fantômes dans un songe.

Ce qui démontre à quel point la tragédie antique était impuissante à se faire comprendre chez les modernes, ce sont les erreurs profondes où sont tombés plusieurs grands critiques quand ils ont eu à se prononcer sur des questions où le sentiment vrai de l'antiquité devenait plus nécessaire que l'érudition. Il faut voir avec quelle suffisance Voltaire fait la critique de l'Œdipe-Roi de Sophocle (1), comment il y reprend les

(1) Lettre III, critique de l'Œdipe de Sophocle ; préface à l'Œdipe de Voltaire.

discours les plus simples et les plus naturels, avec quelle morgue il se trompe quand il affirme que la tragédie est finie au deuxième acte, combien enfin, avec toute sa science, il est resté cependant étranger à l'esprit de la tragédie antique.

Saint-Évremont n'est pas plus heureux quand il avance « que la tragédie des anciens aurait fait une perte heureuse en perdant ses dieux avec ses oracles et ses devins, » quand en parlant de l'Œdipe-Roi il ose « assurer que rien au monde ne nous paraîtrait plus barbare, plus funeste, plus opposé aux vrais sentiments qu'on doit avoir (1). » La vérité est que Saint-Évremont, comme Voltaire, jugeait la tragédie antique avec son cœur moderne. Il a raisonné en bel esprit français au milieu des païens antiques, et le même homme qui déplore l'immoralité du théâtre grec, qui stigmatise le sacrifice d'Iphigénie, eût donné des applaudissements aux fanatiques orgies de Néarque et de Polyeucte!

Si des esprits comme Voltaire et Saint-Évremont ont pu errer à ce point de condamner les anciens au nom de l'esprit moderne, comment pourrions-nous exiger qu'un public fût plus éclairé?

La tragédie, pour peu qu'elle soit la reproduction du théâtre ancien, sera forcément savante. Mais les savants eux-mêmes ne se dépaysent pas comme ils veulent. Voltaire et Saint-Évremont en sont la preuve.

« La fortune de Garnier, dit M. Nisard, fut de courte durée. C'était de la tragédie pour les savants (2). »

(1) Saint-Évremont, *Lettre sur la tragédie ancienne et moderne.*

(2) « Le génie de la méditation et des connaissances les plus élevées n'est point restreint aux professions éclairées, et est tout à fait indé-

Mais il en est ainsi de toute tragédie renouvelée des anciens.

Lemercier en convient. « Dans la tragédie, dit-il, la hardiesse des grands caractères, l'éminence des pensées, le choc nouveau des passions extraordinaires s'élevant parfois au-dessus des communs esprits, n'ont plus pour vrais juges et pour défenseurs qu'une minorité d'hommes habiles (1). » Venant de Lemercier, cet aveu ne peut être suspect.

Quoi qu'il en soit, la tragédie française ne pouvant être comprise et sentie que de ce point de vue antique dont nous avons parlé, et ce point de vue étant difficile à garder longtemps, quelque effort que l'on fasse, l'esprit moderne finit toujours par reprendre le dessus : source intarissable de grotesque aux endroits les plus solennels.

Ce n'est pas cependant que l'antiquité ne puisse jamais être introduite sur le théâtre moderne. Shakespeare mit en scène Antoine et Cléopâtre, la mort de Jules César. Mais nous verrons combien Shakespeare diffère de Corneille dans la manière dont il a traité les sujets d'histoire acienne.

Cette réalité subjective, si nous pouvons parler ainsi, qui caractérisait au plus haut point les personnages de la tragédie grecque, contribua singulièrement à donner au théâtre sa vérité. Comme les héros du théâtre étaient sortis de l'imagination nationale, ils eurent, par le fait même, avec la nation, et partant avec l'homme, des traits de ressemblance qui les firent

pendant de l'érudition et de l'instruction. » (Schlegel, *Histoire de la littérature*.

(1) Lemercier voudrait faire rentrer l'art dans la science, mais Schlegel a raison contre lui.

reconnaître dès l'abord comme Grecs et comme hommes, tandis que le cerveau seul du poëte les ayant enfantés en France, ils ne purent jamais perdre ce caractère d'abstraction qui accompagne fatalement les œuvres de réflexion pure.

Ayant à reproduire sur la scène les héros de l'antiquité, les tragiques français devaient nécessairement choisir entre le vrai et le vraisemblable; l'esprit de l'antiquité diffère de l'esprit moderne, et ils s'exposaient, s'ils étaient vrais historiquement, à ne pas être vrais au point de vue de l'époque où ils écrivaient. D'autre part, ils ne pouvaient être vraisemblables devant un public moderne qu'en faussant la vérité historique. Il était donc nécessaire qu'ils fissent un choix, ou de laisser leurs personnages tels qu'ils étaient, c'est-à-dire antiques, ou de les moderniser, et alors, sans plus avoir aucun intérêt historique, ces personnages pouvaient encore se maintenir au théâtre avec des caractères et des passions qui leur eussent assuré un intérêt dramatique.

Les tragiques français voulurent concilier ces deux choses inconciliables; le moderne et l'antique. Ils étaient trop sincèrement amoureux de l'antiquité pour la délaisser, et, d'autre part, la cour du grand roi pouvait bien aussi ne pas s'accommoder des rustiques allures de la Melpomène athénienne. On corrigea donc la Grèce par Versailles, et l'on arriva de la sorte à quelque chose qui, sans reproduire assez fidèlement l'antiquité pour plaire aux savants, ne fut pas assez moderne pour plaire à la nation.

Que l'antiquité ne fut pas reproduite dans la tragédie française, c'est ce qui ressort de la simple lecture des tragiques français. Autant la nature et la simplicité règnent dans les œuvres de Sophocle, autant les œuvres de Racine et de Corneille, sous une fausse apparence antique, laissent voir de manières et d'afféterie.

En vérité, c'est moins peut-être au poëte que nous devons en vouloir qu'à son entourage, dont la fausse noblesse et le ton précieux le forcèrent à ne mettre au théâtre que des grandeurs et des sentiments chargés des oripeaux de la mode. Les héros de l'antiquité devinrent des Artamènes et des Céladons.

Est-ce sous cet aspect de solennité perpétuelle et de parfaite galanterie que Sophocle avait montré les héros de sa patrie? Les avait-il guindés à ces sublimes hauteurs où l'homme disparaît sans plus rien laisser apercevoir qui le rattache à ses semblables? La réponse devrait être affirmative si l'on en croyait ce que dit à ce sujet le chef de l'école romantique.

« C'est surtout dans la tragédie antique, dit M. Victor Hugo, que l'épopée ressort de partout. Elle monte sur la scène grecque sans rien perdre en quelque sorte de ses proportions gigantesques et démesurées. Ses personnages sont encore des héros, des demi-dieux, des dieux; ses ressorts, des songes, des oracles, des fatalités; ses tableaux, des dénombrements, des funérailles, des combats. Ce que chantent les rapsodes, les auteurs le déclament, voilà tout (1). »

Mais qu'importe que la tragédie grecque emprunte ses sujets à l'épopée? Est-ce que par hasard l'épopée donnait toujours à ses héros ces proportions gigantesques et démesurées qui scandalisent si fort les romantiques modernes? Qu'elle ait exhaussé leur taille, soit:

(1) Préface de Cromwell.

ainsi le voulaient la légende et l'imagination populaire; mais elle offrait de fidèles peintures de l'homme, où la noblesse s'allie sans effort à la simplicité de la nature. Il s'en faut, au reste, que les héros d'Homère ressemblent aux héros modernes. Ils ne visent pas le moins du monde à la perfection, s'irritent, s'emportent, rient, s'insultent, sont braves et lâches tour à tour (1), et ne craignaient pas de se montrer tels qu'ils sont, avec leurs vertus et leurs vices. Ils ne posent pas devant nous comme Henri IV devant le lecteur de la *Henriade;* les rois outragent les rois, Thersite les tourne en dérision, Patrocle dépouille en raillant ceux qu'il tue, Ulysse lutte corps à corps contre Iros le mendiant et déjeune en compagnie dc son ami le « divin porcher (2). »

La voilà, cette épopée d'Homère aux « proportions gigantesques et démesurées. » Il est vrai que les héros et les rois y jouent les principaux rôles; mais qu'importent les noms? Ce sont des hommes. Ils n'ont rien de commun avec les héros et les rois de la tragédie moderne.

A Paris, le Roi-Soleil attirait à lui tous les regards. Peuples et poëtes encensaient l'idole, et elle-même se croyait dieu. Les courtisans qui l'entourent, eux aussi, répudient l'humanité; les voilà, eux aussi, convertis en fétiches par la basse admiration du vulgaire. Voilà les héros et les rois de la tragédie moderne!

Nous sera-t-il permis maintenant de dire que si l'homme ne peut se reconnaître dans les mannequins de la tragédie française, il peut se retrouver dans les hommes d'Homère?

(1) Les dieux mêmes donnaient aux héros la crainte ou l'audace.

(2) *Odyssée*, chant XVI.

L'épopée grecque avait pris ses héros dans la nature; la tragédie grecque les prit dans l'épopée. Philoctète, Œdipe, Antigone, Électre, voilà les personnages de Sophocle, poétiques et vrais. Qu'on cherche leurs pareils dans Corneille et dans Racine!

Abstraits au plus haut degré, les personnages de Racine n'ont rien de réel. La grandeur dont on a voulu les parer est toute de convention, comme la grandeur de Louis XIV.

On réunit en faisceau les petites galanteries de cour, les fades délicatesses des salons aristocratiques, l'honneur pointilleux, le courage écervelé des matamores gentilshommes, et de tout cela, revêtu des couleurs antiques, on fait, suivant les besoins du moment, un Antiochus, un Achille, un Alexandre, un Hamilcar.

Un critique (1) enthousiaste reconnaît Retz pour un héros de Corneille; il voit dans La Vallière le vrai modèle de Bérénice. Voilà certes des anciens bien rajeunis ou des modernes bien surannés!

A Rome, en Grèce, la grandeur est dans l'homme; à Paris, sous Louis XIV, elle est toute dans une certaine relation de l'individu au souverain, source de toute grandeur. Les héros de Sophocle portent leur noblesse en eux-mêmes, ceux de Corneille et de Racine la portent dans leur manteau. Là, il y a des hommes : ce qu'ils sont, ils le sont partout; ici il n'y a que des vêtements de parade : s'ils tombent, il ne reste plus rien (2).

Ulysse peut souper des reliefs de la veille en com-

(1) M. Ph. Chasles.

(2) M. Nisard ne trouve pas étonnant le moins du monde que les héros de Corneille soient si populaires en France; c'est que, dit-il, « nous aussi nous sommes un peuple de héros! » *Histoire de la littérature française*, par M. Nisard.

pagnie d'un conducteur de pourceaux : il est toujours Ulysse. Philoctète, blessé par la flèche d'Hercule, peut pousser des cris affreux, montrer sur le théâtre le sang noir qui coule de sa plaie : il est toujours grand, toujours sublime, parce qu'il est toujours homme. Mais si l'Agamemnon de Racine, si les Horaces de Corneille mangent un morceau avant de se mettre en route, s'ils ont le malheur de pousser le moindre gémissement, ils sont à jamais perdus. Les héros de la scène française n'ont ni ces faiblesses ni ces misères mesquines; ils sont immatériels; si un prince mange, il est aisé de comprendre aux expressions pompeuses dont il assaisonne son repas qu'il ne mange que pour la forme; s'il pousse un gémissement avant de mourir, c'est qu'ainsi le veut la coutume; encore gémira-t-il avec cette parfaite aisance qui montre partout les bienfaits d'une bonne éducation. Abstraits, incomplets, tels sont toujours les personnages de la tragédie française.

C'est cependant cette abstraction qui séduit encore aujourd'hui tant de monde. « La mise en scène des types abstraits impose davantage par la noblesse, » dit M. Baron (1). « Ses naïves peintures, dit-il encore en parlant de Racine, ne purent être tolérées, parce que la réalité humaine dans son ensemble manque nécessairement de noblesse et de grandeur (2). » Accuser Racine de réalisme! Nous croyons inutile de réfuter de semblables manières de voir. Une abstraction n'est pas une réalité, un théâtre n'est pas une école, les « Autos sacramentales » ne régneront plus sur la scène. « Un homme n'est pas une passion abstraite. Il frappe à son

(1) *Histoire du théâtre et de l'art dramatique.*
(2) *Ibidem.*

empreinte personnelle les vices et les vertus qu'il possède (1). »

Une fois lancés dans ces grandeurs factices, les tragiques français ne pouvaient manquer d'adopter une forme qui correspondît à la magnificence du fond. Tous les mots du langage national subirent un examen rigoureux avant d'être admis au vocabulaire tragique, et, de même qu'on avait chassé de la scène tous les sentiments humains, de même aussi l'on en bannit tout ce qui pouvait trahir le génie de la langue nationale. Une foule d'expressions poétiques furent ainsi introduites de la tragédie ancienne dans la moderne, expressions qui, sans faire partie de la langue nationale, comme ce fut le cas en Grèce, furent dans la suite accueillies dans l'Académie. Elles y restèrent.

Que Sophocle soit pompeux dans le lyrisme de ses chœurs, c'est ce que tout le monde reconnaîtra ; mais qui pourrait comparer la simplicité de son dialogue aux tirades alambiquées de Corneille ou de Racine? J'ose dire que jamais l'homme ne parla ni comme Corneille, ni encore moins comme Racine, et qu'il paraît de tous côtés dans le langage de Sophocle. C'est que les premiers n'écrivirent que pour les seigneurs et le roi dont il fallait mériter les faveurs à tout prix, qu'ils ne furent rien dans le peuple et presque rien à la cour, tandis que le dernier ne mérita les suffrages populaires qu'en se montrant ce qu'il était : l'un des plus humains des hommes et l'un des meilleurs citoyens de l'État.

(1) *Histoire de la littérature anglaise*, chap. III, par M. Taine, vol. II. « Ces vertus que la morale et les discours généraux nous représentent les mêmes prennent un air différent par la différence de l'humeur et du génie des personnes qui les possèdent. » (Saint-Evremont, de la tragédie ancienne et moderne.)

Nous le disons : la recherche et l'afféterie même de la cour produisirent au théâtre cette afféterie et cette recherche perpétuelles qui substituèrent des statues à des hommes. Il n'y eut point alors une tragédie nationale, il n'y eut qu'une tragédie royale.

Les mêmes causes produisirent sur la scène le raffinement des sentiments et surtout de l'amour. Il ne faut pas longtemps, en effet, pour s'apercevoir que les amoureux de Corneille et de Racine en savent beaucoup plus long que ceux de Sophocle, dont toute la science est de faire entendre qu'ils aiment, sans arriver jamais à ces discours galants que nous voyons s'établir entre Achille et Iphigénie (1), Curiace et Camille (2), Oreste et Hermione (3), dont l'éducation s'est faite, à n'en pouvoir douter, dans les salons les plus en vogue et les ruelles les plus renommées des précieuses. Ce n'est pas ainsi que dans Sophocle parlent Hémon et Antigone (4), que soupire la pauvre Déjanire, jalouse de la jeunesse d'Iole (5); et l'on doit convenir que les Grecs n'ont jamais connu le fin des fins et les belles manières.

Mais ce n'était pas assez pour les tragiques français de dédaigner en tout la simple nature pour adopter une fausse perfection et des sentiments d'emprunt. Avec l'affectation et l'enflure, qui accompagnent toujours l'oubli du naturel, était venue la rhétorique qui, au lieu du seul mot de passion qui eût suffi, plaça les longs discours et les plaidoyers sans fin. Une princesse ne peut mourir sur la scène sans exprimer les sentiments

(1) Acte III, sc. 6, *Iphigénie en Aulide.*
(2) Acte II, sc. 5, *Horace.*
(3) Acte IV, sc. 3, *Andromaque.*
(4) Vers 683 et suiv., 805 et suiv., *Antigone.*
(5) Vers 549 et suiv., *Les Trachiniennes.*

les moins naturels, les moins convenables à sa situation présente; un roi ne peut se lever que son domestique ne lui prouve par raison démonstrative qu'il a tort de s'attrister et que tout est pour le mieux, à quoi le roi, qui n'est autre ici qu'Agamemnon (1), n'a rien de plus pressé que de conter à ce domestique toutes ses affaires de famille en trois grandes tirades. Le roi qui, semble-t-il, ne se lève de si bonne heure que parce que son cœur est inquiet au sujet de sa fille, discourt de mille choses n'ayant aucun rapport à sa fille, avec une fatuité qui fait peine. Et, plus tard, quand ce malheureux roi donnera audience à sa fille Iphigénie, l'étiquette la plus pointilleuse ne cessera de régner entre eux. Iphigénie appellera son père seigneur; le père, de son côté, n'aura point de faiblesses.

Antigone n'a pas le même héroïsme à beaucoup près. Son âme est forte pourtant; elle a bravé le tyran, elle a reproché à sa sœur Ismène d'avoir manqué de résolution (2). Mais quand elle voit la mort qui s'approche, elle regrette sa belle jeunesse, la belle lumière du soleil qu'elle contemple pour la dernière fois. Elle pleure, la jeune fille qui va mourir, mourir « sans qu'aucun verse une larme sur son tombeau, sans amis, sans époux (3). » Pauvre fille de roi, elle souffre, elle a conservé un cœur humain; elle est restée femme.

Jusqu'ici c'est la tragédie mythologique surtout que

(1) Acte I, sc. 1, *Iphigénie en Aulide*. On doit convenir que cette scène n'a aucun naturel ni aucune vraisemblance, ni surtout aucune vie. On dirait que Racine ne s'y est proposé que des lieux communs à discuter, des *exercitationes rhetoricæ*, telles qu'en prescrivait à son élève Marc-Aurèle le rhéteur Fronton, d'après la mode alors en usage dans les écoles.

(2) Vers 356 et suivants, *Antigone*.

(3) Vers 806 et suivants; 876 et suivants.

nous avons eue en vue; mais en réalité la tragédie historique de Corneille se trouve dans le même cas. Ici comme là, une noblesse de convention a remplacé la nature. Les Horaces ne sont ni des Romains ni des hommes; ce sont des philosophes ou, si l'on veut, des héros de Sénèque. Il faut être stoïcien convaincu ou religieux fervent pour fouler ainsi la nature aux pieds sans se fatiguer jamais de prononcer des sentences à l'appui des idées les plus barbares. Il faut ne connaître ni la famille ni l'amour pour être héros à ce point.

Les héros de Tite-Live sont bien des barbares, mais ils n'ont ni cette philosophie intrépide, ni cette faconde de rhétorique, surtout quand ils sont amoureux (1).

Voilà pourtant la tragédie qui, s'il fallait en croire certains critiques autorisés, excite chez les modernes un intérêt, une curiosité tels que n'en ressentirent jamais les citoyens d'Athènes au spectacle des chefs-d'œuvre de Sophocle.

« Le théâtre grec, dit M. Patin, n'excitait qu'à un degré très-faible le sentiment de curiosité qui, en général, n'a jamais été chez les Grecs l'émotion dominante des représentations théâtrales, tandis que c'est au contraire le plus vif attrait qu'offre le théâtre à l'imagination des modernes. »

Comment M. Patin a-t-il pu se méprendre à ce point? Je ne vois pas que l'intérêt d'Œdipe-Roi soit

(1) Shakespeare nous paraît avoir mieux saisi le caractère antique. Quelle différence entre son Brutus (Julius Cæsar) et l'Horace de Corneille ! Quelle vérité dans ce drame romain ! Certes le discours d'Antoine aux Romains ne ressemble à aucun discours de Tite-Live; cependant il est si énergique, si spontané, qu'on croirait aisément assister à cette virulente accusation des meurtriers de César. (Acte III, sc. 2.) Quelle vérité naïve dans Antoine et Cléopâtre ! Shakespeare n'est-il pas plus près de l'antiquité que Corneille et Racine?

moins attachant pour les Athéniens que celui de Britannicus pour nous. Croit-on par hasard que le spectateur soit bien anxieux sur le sort du jeune Éliacin? que les Athéniens n'aient nullement été curieux de voir comment se dénouerait le drame d'Œdipe à Colone? qu'on brûle de savoir si Oreste épousera Hermione, si Aman sera pendu? Est-ce donc la mode qu'on s'intéresse si peu aux gens que l'on connaît, et si fort à ceux que l'on ne connaît pas?

Nous n'avons pas encore parlé du *Cid* de Corneille, non plus que des tragédies religieuses d'*Esther*, d'*Athalie* et de *Polyeucte*. Elles méritent cependant une place spéciale dans l'histoire littéraire; car, d'une part, ni le *Cid* ni *Polyeucte* ne répondent à l'idée qu'on se fait de la tragédie française en général, de l'autre, *Athalie* et *Esther*, tout en se rapprochant beaucoup des autres tragédies de Racine quant à leurs traits principaux, ont cependant en propre certains caractères qui ne permettent pas de leur appliquer sans restrictions les observations que nous avons faites sur l'art tragique français.

Racine ne fut jamais mieux inspiré que lorsqu'il conçut son *Athalie* et son *Esther*, car si nous considérons le sujet même de ces deux tragédies, nous verrons combien le merveilleux biblique était plus que le merveilleux mythologique, et l'histoire sacrée plus que l'histoire ancienne propres à séduire un auditoire moderne. Les personnages, en effet, ne sont plus ici des inconnus, ils se rattachent à notre histoire religieuse, et s'ils exercent un attrait tout particulier sur les croyants, ils ne sont cependant pas, même pour les incrédules, dépourvus de tout intérêt. L'Écriture est, chez nous et de nos jours encore, plus populaire que ne le fut jamais la mythologie ou l'histoire ancienne, et, que nous y croyions ou non, ses naïfs récits éveillent toujours plus d'un lointain souvenir. La mémoire du passé apparaît donc ici plus vivace que dans les tragédies de mythologie ou d'histoire. Sans doute, ce n'est ni dans *Esther* ni dans *Athalie* que nous irons chercher une peinture vraie de l'homme; mais le poëte ne pouvait mieux faire, empêché qu'il était par la civilisation de son époque, trop éloignée des temps qu'il avait à peindre, et par le faux goût de la grandeur que les Français ont introduit jusque dans l'histoire divine avec le raffinement des sentiments et des pensées, différents en cela des Anglais, chez lesquels des mœurs plus patriarcales, une popularité plus grande de la Bible (1) et une certaine tournure particulière du génie national ont fait de la poésie sacrée anglaise la digne fille de celle de Moïse et des prophètes.

Ces deux tragédies sont encore celles où le style répond le mieux à la nature du sujet. L'élégie d'*Esther*, le lyrisme d'*Athalie* demandaient une forme où se révélât l'élévation de la pensée, et Dieu, dans l'une comme dans l'autre pièce, jouant le principal rôle, la magnificence et la pompe continue du style s'y firent mieux supporter que dans d'autres tragédies, où des événements moins miraculeux, des personnages plus

(1) La lecture de la Bible, autorisée sous Henri VIII, exerça bientôt une influence considérable sur l'esprit anglais. Aujourd'hui encore, la Bible et le *Prayer-Book* sont les livres les plus populaires de toute la Grande-Bretagne. On les lit, on les commente, on les explique au coin du feu comme à l'Université; une foule d'expressions bibliques sont ainsi passées dans le langage, en Écosse surtout, où l'on ne peut pour ainsi dire faire un pas sans apercevoir dans la conversation usuelle les traces de la poésie religieuse et certains traits de ressemblance avec les cantiques chantés journellement, non-seulement dans les églises, mais au sein de toutes les familles.

humains exigeaient une grandeur moins soutenue et plus de variété dans le style. De toutes les tragédies de Racine, ce sont peut-être aussi celles où règne la plus grande simplicité, le poëte laissant au chœur, comme autrefois les poëtes grecs, l'essor de son enthousiasme religieux pour ne laisser au dialogue que le développement de l'action. Ainsi, d'un côté la grandeur du sujet, d'un autre la simplicité relative du style amenèrent une convenance plus complète de la forme avec le fond.

Une différence profonde distingue ces deux tragédies du *Polyeucte* de Corneille, car si elles peuvent être considérées comme de véritables tragédies, on n'en peut pas dire autant de *Polyeucte,* qui, complétement ou à peu près de l'invention du poëte, ne pouvait intéresser que par l'intrigue et l'action, le jeu des passions ou la peinture des caractères. Mais il s'en faut que Corneille ait réussi dans le but qu'il semble s'être proposé de reproduire des hommes vrais. Ici, en effet, comme dans les *Horaces,* nous ne voyons que des hommes incomplets, factices, défauts que ne rachètent pas, comme dans *Esther* ou *Athalie*, la force du sujet et la splendeur du lyrisme. Deux fanatiques, une misérable complication d'amour, une intrépidité, une insensibilité plus digne du portique que de la scène, l'indifférence unie dans Néarque et Polyeucte aux transports les plus violents, et par-dessus tout la plus pauvre des logiques au service de la morale la plus barbare qui fût jamais, c'en est assez pour juger si *Polyeucte* est bien la plus belle des tragédies de Corneille.

Au *Cid* revient cet honneur d'avoir été, je ne dirai pas la plus belle tragédie, mais le plus beau drame que l'on eût encore vu jusqu'alors, car le *Cid* ne vaut que par les passions et les caractères, et vainement y chercherait-on les conditions d'une véritable tragédie.

Nous voilà loin d'*Athalie* et de *Polyeucte*. Rodrigue n'est pas une abstraction et Corneille a fini par trouver un homme.

C'est bien une figure du temps que le Cid, ce sont bien des passions humaines qui agitent sa poitrine, un peu extraordinaires il est vrai, mais non exagérées et suffisamment légitimées par la nationalité du héros. Il est Castillan, et l'on sait qu'en Castille la grandeur d'âme s'allie volontiers aux fleurs de rhétorique. Plus d'un spectateur a pu se reconnaître dans le Cid; sa vaillance, sa chevalerie, ses amours devaient fortement impressionner une cour où la galanterie et l'honneur étaient encore, sinon toujours pratiqués, du moins regardés comme les premières vertus d'un parfait gentilhomme. Sans doute, on ne peut pas dire que la nation tout entière ait dû s'intéresser au Cid, mais sous un roi comme Louis XIII, il était difficile d'être plus populaire, plus national que le Cid. C'était déjà beaucoup que la noblesse y vît le modèle de ses vertus.

Mais si Corneille s'était montré dramatique plutôt que tragique, tant par le choix du sujet que par la manière dont il l'avait traité, la forme cependant n'avait presque rien perdu de son ancienne raideur ; le ton, le langage du drame n'était pas encore trouvé, et le Cid, malgré les accents vrais qui le distinguent en beaucoup d'endroits, empruntait souvent encore non-seulement les formes convenues de la tragédie, mais même la voix du lyrisme.

Heureux le théâtre français s'il avait persisté dans la route nouvelle inaugurée par le *Cid!* Il eût inévitablement rencontré le drame. Mais le succès de Corneille ne fut alors guère considéré que comme une heureuse témérité, et le poëte lui-même, comme s'il eût été honteux de son audace, se hâta de reprendre le joug des anciens qu'il avait failli secouer dans un moment de génie.

CHAPITRE IV.

LE DRAME.

S'il nous fallait définir le drame, non pas dans son acception générale, mais par opposition à la tragédie, nous dirions que c'est la représentation d'une action importante où figurent des personnages animés de passions dont le choc doit produire sur les spectateurs une émotion profonde.

On pourrait reprocher à cette définition d'être trop vague, mais la préciser davantage serait s'exposer à de graves mécomptes, car chacun comprenant l'art suivant la nature de son génie, il serait déraisonnable de vouloir ramener à un type unique la variété des œuvres dramatiques.

Nous disons que le drame est la représentation d'une

action importante. Il ne peut être, en effet, question ici d'une action fameuse. Il n'est nullement nécessaire dans le drame que l'action soit fameuse; si parfois il en est ainsi, c'est un pur accident. Mais l'action doit être importante en ce sens qu'elle doit surtout donner carrière aux grandes passions humaines.

La célébrité des personnages ne peut non plus être exigée dans le drame. Le drame ne vit que de passions. Peu importe que ses personnages soient illustres ou non, qu'ils aient réellement existé ou ne doivent la vie qu'à l'imagination du poëte; s'ils sont animés de passions humaines, ils sont dignes du théâtre dramatique.

Nous n'affirmons pas que ce drame doive se terminer par un événement funeste. Il en est souvent ainsi, mais nous ne voyons pas la nécessité d'un pareil dénoûment.

Ainsi considéré, le drame n'est pas, on le voit, exclusivement romantique. C'est d'un point de vue plus élevé, en dehors des écoles, que nous l'envisageons.

Si l'on remarque que le drame, ne s'appuyant en rien sur le souvenir poétique du passé, se résume principalement dans le jeu des grandes passions humaines, on verra qu'il a ceci de commun avec la comédie, qu'il a pour objet le cœur de l'homme. Seulement, tandis que la comédie ne réside que dans les circonstances ordinaires de la vie, le drame est surtout dans un concours de circonstances extraordinaires où les passions déchaînées, se révélant dans un développement complet, sont plus propres à bouleverser les âmes.

La tragédie est toujours plus ou moins dramatique. Ses héros, bien qu'agrandis par l'imagination, ne nous sont pas cependant étrangers; leurs passions sont au fond celles de la généralité des hommes.

D'autre part, il arrive fréquemment que le drame emprunte, comme la tragédie, sa fable et ses héros à l'histoire poétique. C'est ce que firent Euripide chez les anciens et souvent Shakespeare chez les modernes.

Mais entre ces héros historiques du drame et les héros de la tragédie, il y a une différence importante.

L'avantage de choisir les héros du drame dans l'histoire ou la légende consiste surtout en ceci, que la curiosité s'attache à des hommes illustres ayant joué un rôle célèbre, et que leurs caractères comme leurs passions sont déjà pour ainsi dire pressentis. Le poëte en choisissant ses héros n'a plus qu'à les compléter : il y ajoute les traits nécessaires à la réalisation du but qu'il se propose. Ainsi, même dans le drame, la popularité du sujet ne sera pas toujours chose indifférente; mais au lieu d'être indispensable, comme dans la tragédie, elle ne sera plus pour le poëte qu'un moyen de faciliter sa tâche, en lui laissant moins à créer et en attirant d'abord l'attention populaire.

Ce n'est pas tout. Le poëte tragique prendra ses héros et sa fable tels qu'ils sont, ou du moins sans y faire de notables changements. Le poëte dramatique, à supposer qu'il emprunte son sujet à l'histoire ou à la légende, y introduira tels changements qu'il jugera convenables à ses vues. Le poëte tragique trouve ses héros et sa fable tout faits; le poëte dramatique les fait siens.

Les personnages du premier sont des individus, ceux du second sont des types, c'est-à-dire des généralités individualisées. Reproduire fidèlement sur la scène les héros d'une nation, c'est le principal mérite du poëte tragique. S'il y réussit, il verra la réalité sous l'imagination, l'homme derrière l'individu, et la tragédie, devenant ainsi le miroir de l'homme, sera dramatique.

Tout autre est la tâche du poëte dramatique. Saisir par l'observation les différents traits d'une passion, d'un caractère, les rassembler dans une seule unité, animer cette unité abstraite par l'harmonie parfaite de toutes les parties de manière à lui donner une individualité vivante, c'est accomplir dans l'art l'œuvre génératrice de la nature, c'est créer. Créer est le génie d'Euripide, de Shakespeare et de Calderon.

Dénué de toute valeur tragique, le théâtre de Louis XIV n'avait donc produit ni des caractères vrais, ni des passions humaines. Ce n'est pas, en effet, au seul point de vue de la tragédie que nous l'avons envisagé; la tragédie et le drame ont de nombreux points de contact, et plus d'une fois nous avons eu l'occasion de constater que si les héros de Corneille et de Racine ne répondent à aucun type préexistant consacré par la poésie ou l'imagination populaire, ils ne sont non plus la reproduction d'aucune réalité. L'Agamemnon de Racine n'est ni l'Agamemnon d'Homère, ni le type d'aucun homme qui vive; le Philoctète de Sophocle n'est pas seulement un type légendaire, mais encore une réalité humaine. C'est que la légende elle-même est ici fondée sur la réalité, et que le poëte, en se conformant à la première, devait fatalement rencontrer la seconde; tandis qu'en France, les héros du théâtre n'ayant aucune existence en dehors de l'invention du poëte, le poëte ne peut jamais leur imprimer cette vérité des passions et des caractères qui, dans l'individu, font reconnaître des traits communs à la généralité des hommes.

Au lieu de s'attacher, comme ils le firent, à ressusciter les héros historiques et mythologiques conformes aux idées qu'en avaient les anciens, si Corneille et Racine, moins scrupuleux et plus hardis, les avaient actualisés en transportant sur la scène antique l'esprit et les passions modernes, il y a lieu de croire qu'ils auraient pu, dans une certaine mesure, faire revivre en France le drame d'Euripide.

Pour Euripide, la légende n'est pas, comme pour Sophocle, un dépôt sacré que la tragédie, fille de la religion, doit rendre fidèlement au peuple. Les dieux, les héros populaires ne sont pour lui que des masques sous lesquels il fera voir sur la scène les hommes de son époque et les interprètes de sa philosophie. Les événements historiques et mythologiques, sans enchaîner sa foi, lui fournissent les circonstances où se développent les passions; le merveilleux, qui dans l'origine faisait le fond principal du théâtre, ne sera plus que le cadre brillant dont s'embelliront les peintures de l'homme. Euripide non-seulement diminue la taille des personnages qu'il met en scène (1), mais ce que la tradition trouve à admirer en eux, il le blâme; il insulte à tout ce que la religion offre de plus saint à la dévotion des Grecs. Il met en doute l'existence de Jupiter (2), il reproche leurs turpitudes aux habitants de l'Olympe (3), il repousse la pluralité des dieux (4); plus d'une fois, le peuple scandalisé le force à modé-

(1) « Il se sert de mythes pour produire des situations où il peut mettre des hommes de son temps dans l'agitation morale et dans une émotion passionnée. » (Ottfried Müller, *Histoire de la littérature grecque*. Euripide.)

(2) *Hercule furieux*, vers 1236.

(3) *Ibidem*, vers 1287-1292.

(4) *Ibidem*, vers 1314-1319.

rer son langage impie (1) et lance des pierres aux acteurs (2)

Le théâtre d'Euripide n'est donc plus, à vraiment parler, tragique. La philosophie avait chassé la religion, l'homme avait détrôné les dieux; le cœur humain, profondément troublé par la réflexion, se sentait de plus en plus éloigné du calme majestueux des héros de Sophocle. L'homme voulait reconnaître dans les productions de l'art ce trouble et cette agitation qu'il ressentait en lui. La placide grandeur des Phidias ne satisfaisait plus qu'à demi l'imagination populaire; déjà se faisaient pressentir les marbres inanimés de Lysippe; déjà le religieux Sophocle devait partager avec Euripide, le philosophe, son trône et ses lauriers. L'art se faisait humain; Melpomène, jetant le masque pour le miroir, changeait la tragédie en drame.

C'est à tort que certains critiques modernes (3) ont regardé comme une décadence cette transformation du théâtre des Grecs. Cette transformation était nécessaire. Euripide n'était pas le seul disciple d'Anaxagore, le seul ami de Socrate. L'esprit philosophique envahissait Athènes; c'étaient, en définitive, les tendances nouvelles dont Euripide se faisait l'interprète. Vainement voudrait-on lui reprocher d'avoir manqué de grandeur, de n'avoir pas suivi les traces de Sophocle. L'esprit grec prenant une direction nouvelle, le théâtre grec devait l'y suivre, et l'on peut dire qu'au lieu de consommer, comme on l'a dit, la ruine du

(1) « Il eût à changer le premier vers de sa Ménalippe que l'on trouva peu respectueux pour Jupiter. » (Patin, *Études sur les tragiques grecs*, liv. I.)

(2) Sénèque, epist. 115.

(3) Voyez *Études sur les tragiques grecs*, de Patin, liv. I.

théâtre, la révolution opérée par Euripide ne fit, au contraire, qu'achever son développement.

Qu'Euripide ne soit assez souvent qu'un rhéteur subtil, qu'il ait plus que de raison transporté sur la scène les disputes philosophiques, qu'il se soit trop fréquemment substitué à ses personnages, c'est ce que l'on ne peut nier, et son théâtre n'est malheureusement que trop encombré de dissertations qu'il eût dû laisser dans les écoles d'Anaxagore et de Gorgias. On pourrait le blâmer aussi d'avoir trop flatté le goût de ses concitoyens pour les débats du barreau, et nous ne pouvons l'absoudre entièrement du reproche d'avoir par là maintes fois refroidi les situations les plus vives (1). Il est certain encore que dans la conduite de ses pièces il se montre le plus souvent inférieur non-seulement à Sophocle, mais même au vieil Eschyle. Ces défauts, quelque grands qu'ils soient, ne suffisent pas cependant pour placer Euripide au-dessous de ses deux rivaux. Euripide, en donnant à l'art dramatique l'homme pour principal objet, a imprimé au théâtre ce caractère humain qui en a fait comme le tableau non-seulement de l'homme grec, mais encore de l'humanité.

Simple comme la nature elle-même, Euripide la sentait et l'interprétait simplement, naturellement. C'est en elle seule qu'il puisait ses inspirations les plus exquises, et telle était sa sensibilité qu'il s'identifiait en quelque sorte avec elle et la faisait parler. Aucun homme de l'antiquité ne posséda à un plus haut degré et cette connaissance profonde de l'homme et cette sym-

(1) Voyez la discussion entre Amphitryon et Lycus sur le cas que l'on doit faire des archers, vers 187 et suivants d'*Hercule furieux ;* les débats d'Hécube et de Polymnestor plaidant leur cause devant Agamemnon. (*Hécube,* vers 1132-1152.)

pathie, si nous pouvons ainsi parler, qui nous fait ressentir comme nôtres les sentiments et les passions d'autrui (1). On a dit de lui qu'il n'a pas la magnificence de Sophocle, et cela est vrai si par ce mot on entend le calme grandiose empreint dans toutes les créations du poëte de Colone; mais si la simple nature, si les spectacles de la vie humaine ont aussi leur grandeur, comment pourrait-on la refuser au poëte qui en a le mieux reproduit les naïves beautés?

La comparaison du théâtre de Sophocle avec le théâtre français nous a plus d'une fois déjà fourni l'occasion de voir combien les anciens différaient des classiques modernes en ce qui concerne la grandeur et la majesté. Conventionnelle et toute d'ostentation chez les tragiques modernes, elle n'est, pour ainsi dire, pas apparente dans Euripide, et c'est à la méditation de la trouver dans la simplicité du drame; ainsi la grandeur de la nature ne se révèle à nous que par un effet de la réflexion, et loin d'être le résultat d'un artifice, elle se trouve confondue avec les œuvres naturelles dont elle est un des mille attributs, en sorte que la réflexion nous sert, non pas à la créer, mais plutôt à la découvrir.

Il serait aisé de montrer comment, à la simplicité d'Euripide, les tragiques français ont substitué partout l'apparat et le décorum, quels accents vrais le premier donne aux passions, de quelles couleurs vivantes il a peint les misères humaines, comment les seconds ont remplacé l'homme par de pures marionnettes (2), quel

(1) C'est sans doute à ce mérite particulier qu'il dut d'être proclamé par Aristote le plus tragique des poëtes.

(2) « Être hissé sur des échasses et mis en mouvement avec des fils

langage inhumain ils ont prêté à ces hommes qui, dans Euripide, parlaient le langage de tous.

Écoutez la plainte d'Iphigénie dans Euripide : « Ne me fais pas mourir avant le temps, dit-elle à son père; il est doux de regarder la lumière; ne me fais pas voir les abîmes souterrains... Qu'y a-t-il de commun entre moi et les noces d'Hélène et de Pâris?... Tourne les yeux vers moi : donne-moi un regard, un baiser, afin qu'en mourant j'emporte ce gage de toi, si tu n'es pas persuadé par mes paroles. Et toi, mon frère, tu es un faible défenseur pour tes amis; viens cependant avec tes larmes supplier ton père de ne pas tuer ta sœur... Vois, mon père, en se taisant il te supplie. Épargne-moi, prends pitié de ma vie... Je n'ajouterai qu'un mot plus fort que tout : rien n'est plus doux pour les mortels que de voir la lumière du jour. Personne ne souhaite la nuit des enfers. Insensé qui veut mourir : une vie malheureuse est préférable à la plus belle mort (1). »

M. Patin, sans cacher son admiration pour cette touchante élégie, préfère pourtant l'incomparable passage correspondant de l'*Iphigénie* de Racine :

« Mon père,
Cessez de vous troubler, vous n'êtes point trahi.
Quand vous commanderez, vous serez obéi, »

etc. (2).

Mais je crains bien que M. Patin ne soit seul de son avis. Iphigénie ne parle point, pour ainsi dire, de son malheur. Elle obéit sans effort, et si elle regrette quelque chose, c'est de donner des ennuis à Clytemnestre,

de marionnettes par quelque Français auteur de tragédies! » dit Moor, dans les *Brigands* de Schiller.

(1) Vers 1200-1241, *Iphigénie à Aulis*. Euripide.

(2) Acte IV, sc. IV, *Iphigénie en Aulide*. Racine.

sa mère, de contrarier les projets de mariage du roi de Thessalie, Achille, qui l'a demandée à son père, et de ne pouvoir préparer la fête qu'on ne manquera pas d'organiser après la prise d'Ilion. Enfin, si elle demande la vie, c'est pour épargner aux siens le désagrément d'avoir à pleurer sa mort. En vérité, Calchas avait bien choisi sa victime, et c'est pitié de voir qu'une fille qui peut-être tenait à la vie, comme Eriphile, lui ait été substituée pour le sacrifice.

C'est à dessein que nous avons repris Iphigénie comme terme de comparaison entre l'art d'Euripide et celui de Racine. Il paraît bien que si l'Iphigénie de Racine n'a pas la vérité de l'Antigone de Sophocle, elle est plus éloignée encore de l'Iphigénie d'Euripide, dont la plainte naïvement douloureuse nous fait oublier que nous sommes au théâtre, pour nous transporter dans la ville même d'Aulis, où Iphigénie, une jeune femme, disputait en pleurant cette vie qu'il lui fallait perdre.

Nous avons dit comment, l'esprit grec se renouvelant, Euripide avait transformé le théâtre en substituant le drame à la tragédie. La révolution intellectuelle et morale n'était cependant pas encore achevée à l'époque où florissait Euripide ; elle ne faisait que de commencer. Mais elle devait bientôt s'achever avec les progrès de la philosophie, l'affaiblissement de la religion et, chose triste à dire, avec la ruine de l'esprit national.

C'est cette circonstance qui explique comment Euripide, souvent en butte aux persécutions de ses contemporains, jouit plus tard dans toute la Grèce d'une renommée et d'une popularité que ne put jamais plus balancer la gloire de Sophocle et d'Eschyle.

Les poëtes de la comédie nouvelle regardaient Euripide comme le précurseur et le père du théâtre comique. « Ménandre, dit Quintilien, marcha sur sa trace. » Diphile l'appelle « un poëte d'or. » C'est que l'homme est toujours l'homme, et si, comme nous l'avons dit, le drame offre ainsi que la comédie le spectacle de l'homme, il n'est pas étonnant que les comiques se soient reconnus tributaires d'Euripide.

La Melpomène française ne voulut jamais s'abaisser à reconnaître cette parenté de la comédie. Comme une parvenue, elle s'efforça de faire oublier tout ce qui pouvait rappeler sa famille, et elle qui aurait pu, fille robuste de la pensée nationale, grandir et se développer, aima mieux se consumer dans son farouche orgueil, enfant caduc d'un art qui depuis longtemps n'était plus.

Ce n'est pas ainsi qu'avaient compris le théâtre les Anglais et les Espagnols (1). Comme autrefois les Grecs, ils regardèrent autour d'eux et marchèrent de leurs propres forces. Le théâtre d'Euripide était l'expression vivante de la Grèce et de l'antiquité. Shakespeare et Caldéron représentent l'Espagne, l'Angleterre et les temps modernes.

Shakespeare et Caldéron, deux génies, d'un genre tout différent, mais deux génies ; le premier remuant le cœur de l'homme, le second celui de la nation.

Né dans un pays où la galanterie et la chevalerie

(1) C'est du théâtre espagnol et du théâtre anglais que nous aurons seulement à nous occuper. Ils résument parfaitement l'idée que l'on doit se faire du drame chez les modernes. Aussi bien l'Italie n'eut pas de tragédie jusqu'à la *Mérope* de Maffei, et le drame allemand de Schiller, malgré son originalité, se rattache aussi beaucoup au drame de Shakespeare,

ont toujours été en honneur, où le catholicisme régnait avec toutes ses superstitions, toute sa fougueuse intolérance; tour à tour élève de Salamanque, vivant de la vie des seigneurs, soldat, prêtre et surintendant des fêtes du roi, Caldéron s'abandonne tout entier au courant de son époque et de son pays (1). Comme ses compatriotes, il est chevaleresque, pompeux, magnifique, superstitieux, fanatique, vindicatif sans s'en douter. La religion et la société, l'Église et l'État ne font qu'un, ou plutôt la religion a absorbé la société, l'Église a dévoré l'État. Caldéron endosse, sans s'apercevoir du changement, le froc et la cuirasse. Aujourd'hui c'est une comédie qu'il donne, demain il donnera des Autos sacramentales, des Vidas de Santos. La comédie, le drame sera joué dans tous les théâtres; c'est dans les églises de Madrid ou de Séville qu'on jouera les Autos sacramentales, mais là s'arrête à peu près toute la différence. Vous verrez que le drame au théâtre est aussi religieux que le drame à l'autel est chevaleresque, et que, d'un côté comme de l'autre, le poëte est resté Espagnol.

Comment Caldéron ne serait-il pas national? N'est-il pas l'interprète des forces et des faiblesses de l'Espagne dont il a les passions? Lisez « A segreto agravio segreta venganza, » drame terrible où l'auteur montre, avec son enthousiasme sombre et féroce, les lenteurs, les calculs de la vengeance douce à tout cœur espagnol. Lisez la « Devocion de la Cruz » et dites si jamais homme eut un plus éloquent fanatisme. Tout cela est affreux, monstrueux sans doute au point de

(1) « L'imitation de l'antiquité ne domina jamais en Espagne, attendu que les esprits y étaient plutôt portés vers la vie réelle et présente. » (*Histoire universelle* de C. Cantu, ch. XXXIX.)

vue de la raison ; mais Caldéron n'est pas philosophe, il est Espagnol. Ne lui dites pas que « A segreto agravio segreta venganza » est féroce ; ne lui dites pas que la « Devocion de la Cruz » est d'un fanatisme révoltant : le poëte est plus féroce, plus fanatique, plus Espagnol que les Espagnols. D'ailleurs, sont-ce des exemples de morale que nous allons chercher dans l'*Orestie* d'Eschyle, l'*Électre* de Sophocle, la *Médée* d'Euripide?

— Comment, dira-t-on, Caldéron ne sera pas humain et il ne sera pas national? Il remuera le cœur de sa nation et le cœur de l'homme jamais?

Une nation a beau se différencier des autres nations, elle est dans l'humanité, ses passions sont au fond celles de la généralité des hommes. On ne peut peindre une nation sans rencontrer l'humanité, mais ce n'est là qu'un côté secondaire. Si donc Caldéron pense en homme, ce n'est pas qu'il ait cessé d'être Espagnol, mais qu'il a copié dans sa nation des traits qu'elle possède en commun avec les autres peuples. Ainsi procède Caldéron ; il est Espagnol avant tout et les spectateurs s'y reconnaissent au premier coup d'œil.

Shakespeare a plus de cordes à sa lyre. Il n'est pas Anglais commme Caldéron est Espagnol ; non pas que Shakespeare s'isole de sa nation : il l'observe, au contraire, mais cette observation du peuple dans lequel il vit n'est pas où il s'arrête ; ce n'est que le premier pas d'où son génie s'élancera au-dessus de l'humanité tout entière. Caldéron, du haut de l'Ossa, regarde la nation qui l'entoure ; Shakespeare n'a gravi l'Ossa que pour escalader le ciel.

Observant d'abord le monde qui l'environne, Shakespeare, génie non moins méditatif qu'observateur, ne se laisse point, comme Caldéron, emporter au flot de ses premières impressions. Il ne se contentera pas de décrire le phénomène, il étudiera l'essence même de la réalité, et dans le type anglais, par l'effort de son génie, découvrira le type humain; puis, lorsqu'il l'aura dégagé de tout ce qui n'est pas lui, quand il l'aura pour ainsi dire mis à nu, il nous fera voir l'homme, non plus au milieu des mille phénomènes étrangers qui le cachaient aux yeux, mais au milieu de ceux-là seuls qui lui sont propres et mettent le plus en lumière le fond de sa nature intime.

Mais, pourrait-on objecter, que seront de tels hommes autre chose que des abstractions pures?

Il est vrai, et c'est ici justement qu'éclate le génie de Shakespeare, qu'ayant isolé la nature essentielle de l'homme de ses accidents pour la reconstituer au moyen des éléments divers qu'il avait trouvés épars dans le monde réel, il ait eu l'art d'harmoniser ces éléments au point que la vie s'en soit immédiatement emparée. La vie de l'être n'est que l'harmonie parfaite de ses parties, comme sa mort n'en est que la discordance, et cette harmonie, en vain la raison seule, armée de la logique, voudrait-elle la parfaire, elle n'en reproduit que l'image, comme un cadavre est l'image d'un corps vivant.

Le génie est le souffle créateur qui donne l'harmonie et la vie, qui individualise l'abstraction.

Caldéron reproduit poétiquement les créations de la nature. Shakespeare surprend le secret de la nature et crée comme elle. Prométhée a dérobé le feu du ciel.

Les drames de Caldéron sont vrais historiquement, parce que les hommes ont été dans tel pays, à telle époque, tels que nous les montre le poëte espagnol ; les drames de Shakespeare sont vrais philosophiquement, parce que les hommes que nous y voyons penser et agir sont en tout conformes à la nature humaine. Portant avec eux leur vérité, ils portent avec eux leur histoire ; mais cette histoire, ce n'est pas celle de tel peuple à telle époque, c'est le fond même de l'histoire de tous les hommes et de tous les temps.

Le génie de Shakespeare procédait-il, ainsi que nous l'avons avancé tantôt, par décomposition et recomposition? Abstrayait-il pour réaliser? Concentrait-il systématiquement « la beauté délayée dans la nature (1)? » Ou ne faut-il pas croire plutôt que, voyant la vérité se montrer à lui spontanément, il n'a fait que reproduire passivement ses visions divines? Qui pourrait analyser la marche du génie? Shakespeare lui-même n'eût pu révéler le secret, aussi mystérieux pour lui que pour tout autre, de l'art de créer, et dans l'explication que nous en avons tentée, c'est moins à la formule du génie que nous voulions arriver qu'à l'intelligence des œuvres du génie dont on ne peut rationnellement comprendre la réalisation que par le moyen d'une semblable hypothèse.

Si nous examinons de près les créations de Shakespeare, nous voyons avec quel art il a su tirer le vrai, non pas comme Corneille et Racine, du raisonnement *a priori*, mais de l'harmonie heureuse d'éléments pris à la réalité. Coriolan n'est pas un Romain inflexible, opiniâtre ; il n'est pas non plus l'inflexibilité, l'opiniâtreté abstraite ; c'est l'opiniâtreté, l'inflexibilité sous la figure d'un Romain. Le héros est là, sous nos yeux,

(1) Voyez page 41.

il vit, mais il ne vit que par la passion dont il n'est que le signe visible, l'actualisation, et pour employer une expression philosophique, l'être réel dans lequel la force interne se manifeste en énergie.

C'est surtout dans les drames dont Shakespeare emprunte le sujet à l'antiquité (1) que se révèle l'originalité féconde de son génie, son indépendance des entraves qui enchaînèrent si malheureusement les progrès du théâtre français. Il n'importait guère au poëte de Stratford que les Scaligers et les Winckelmanns du temps trouvassent à reprendre certains écarts historiques ou archéologiques de ses œuvres, que les Batteux et les Boileaux de Londres fissent ou non l'apologie de la régularité de ses plans : comme Homère, il chantait pour le peuple et ne se souciait pas d'Aristote. Il savait que le théâtre n'est ni une école d'histoire, ni une académie de grammaire ; que pour parler à des hommes il fallait parler le langage des hommes ; qu'il était Anglais et pas Grec ; qu'il vivait, non pas dans la LXXXe olympiade, sous Périclès, mais au XVIe siècle de l'ère chrétienne et sous le règne d'Élisabeth ; enfin que la pensée moderne devait faire le fond de la poésie moderne, et que c'était à lui, Shakespeare, de populariser cette poésie en lui donnant l'empreinte du caractère national.

Shakespeare est toujours national et toujours humain ; toujours national et toujours humain parce que, sans effacer de ses créations les traits qui pouvaient les faire reconnaître comme anglaises, il a cependant découvert dans le vol puissant de son génie comment, au milieu des variétés sans nombre des nations, il y a l'humanité

(1) *Julius Cæsar, Antony and Cleopatra.*

qui, elle aussi, a sa pensée, et que si l'interprétation de la nature peut fournir à l'homme matière à un art national, elle peut devenir aussi pour le penseur sublime le point de départ d'un art plus élevé, commun à toutes les nations, sur le domaine duquel le soleil ne se couche jamais, toujours actuel et partout national, c'est-à-dire de l'art humain.

Caldéron jouit d'une renommée qui ne s'éteindra qu'avec l'Espagne. Tous les Espagnols le connaissent; ils le citent à tout propos. Racine et Corneille ne sont connus en France que des littérateurs et des savants. Euripide était le poëte favori non-seulement d'Athènes, mais de tout le monde grec; Shakespeare est devenu comme la Bible de l'empire britannique et du monde civilisé.

C'est que Racine et Corneille n'écrivent que de la tête, tandis que Shakespeare et Caldéron écrivent du cœur. La réflexion ne comprendra pas toujours les premiers, le cœur sentira toujours les seconds (1).

Il est une gloire cependant, une surtout, que la France revendique pour son théâtre tragique : la beauté de la forme. On convient néanmoins aujourd'hui que cette sorte de perfection du langage ne se plie guère à la scène et qu'on la goûte mieux dans le silence du cabinet. Il est vrai qu'*Andromaque* et *Polyeucte* joués à la Comédie-Française fatiguent plus la patience du spectateur que n'eussent pu faire cinq heures des lectures de *Stace chez Capiton*, et que *Macbeth, Antoine et*

(1) « D'autres peuvent écrire de la tête, mais Shakespeare écrivait du cœur, et le cœur le comprendra toujours... Aussi ses écrits contiennent l'esprit, le parfum, si je puis employer ce mot, du siècle dans lequel il a vécu. » (Washington Irving's Sketch-Book, *Mutability of Litterature.*)

Cléopâtre, Richard III enchaînent invinciblement l'attention du public au théâtre de Londres; aussi je crains bien que cet éloge de la perfection du langage de la tragédie française ne soit qu'une satire au fond. Les tragédies en manuscrit ressemblent fort à des muets dont on priserait l'éloquence. Qui dit drame dit action : les pièces de théâtre ne sont pas plus faites pour être lues que l'*Esprit des Lois* n'est fait pour être joué, et les Sénèques de France, pas plus que ceux de Rome, ne graviront le Parnasse sans chausser le cothurne.

THÈSES.

---

1. L'art ne peut être enfermé dans les écoles, et les critiques se sont trompés quand ils ont pensé le soumettre à des lois fixes.
2. Il y a entre la tragédie et le drame la même différence qu'entre l'épopée et l'histoire. Tous deux ont leur raison d'être et leur objet distinct.
3. Comme l'art se transforme suivant la marche des idées et la diversité des lieux, il était impossible que la tragédie grecque fût jamais populaire en France.
4. La tragédie s'est développée d'une manière toute factice en France.
5. Les réformateurs du théâtre francais, lors de la renaissance, se sont isolés de leur époque sans se rapprocher de l'antiquité.
6. La tragédie classique française n'a pas de place dans l'histoire de l'humanité. Elle ne représente pas une nation à une époque. Elle n'a jamais eu de raison d'être.
7. Le *Cid* est la seule pièce de Corneille ayant une véritable valeur dramatique ; *Esther* et *Athalie* sont les seules pièces de Racine répondant à l'idée qu'on doit se faire d'une vraie tragédie.
8. Les classiques modernes sont plus loin des classiques anciens que les romantiques ; Shakespeare et Calderon plus près de Sophocle et d'Euripide que Racine et Corneille.